Spøkelsesprinsessen

Sperre

& Kjartanson

Illustrert av Heidi Kahrs Damm

Tegn Forlag 2018

Utgiverinformasjon

Spøkelsesprinsessen

Forfatter: M. E. Sperre
Medforfatter: Ivan Kjartanson
Manusutvikler: Thea Marie Sanne
Illustrasjoner: Heidi Kahrs Damm

© Tegn Forlag 2018

ISBN innbundet: 9788283910148
ISBN paperback: 9788283910469
ISBN e-pub: 9788283910155
ISBN mobi: 9788283910476

1. utgave. 1. opplag.

Korrektur: Sæther Språk&Tekst
Omslag og design: Sanne Media
www.facebook.com/sannemedia.no

Font: Segoe UI og AR CENA

www.tegnforlag.no

Facebook: www.facebook.com/tegnforlag
Instagram: @tegnforlag
E-post: post@tegnforlag.no

Takk

til mamma og storebror

for hjelpen med å lage boken.

Tusen takk til Heidi for de kjempefine tegningene.

Innhold

Drømmen

Hele familien satt ved frokostbordet. Mamma drakk kaffe. Hun lukket øynene og slurpet høyt. Mamma ante ikke hva Mons hadde gjort med koppen. Synne kniste. Hun hadde sett hva den rampete pusen gjorde mens mamma snudde seg bort. Den ekle kattetungen med kattematlukt hadde slikket litt på kanten av koppen. Mamma merket ingenting. Synne sa ikke noe.

Pappa spiste knekkebrød med kaviar. Det knaste høyt. Litt kaviar satt igjen i barten hans. Lillebror ville også ha knekkebrød. Han sutret helt til pappa gav ham en bit. Snørr rant ned fra den vesle nesen og blandet seg med kaviaren. Synne var ikke så sulten. Den ekle gjengen der. Kattematkaffe og snørrkaviar. Æsj! Hun rørte skjeen rundt i skålen med frokostblanding. Cheeriosene fløt omkring i mandelmelken som bittesmå baderinger i et basseng.

Plutselig husket hun den skumle drømmen. Noen holdt øye med henne og fulgte etter henne på skoleveien. Det var ekkelt. Selv om hun prøvde hardt, så kunne hun ikke se for seg ansiktet til jenten fra mare-rittet. Synne husket at hun hadde en hvit kjole og mørkt hår, og ansiktet hennes var liksom gjennomsiktig. Hun kjente et kaldt vindpust i nakken og grøsset.

– Har du husket å legge biblioteksboken i sekken din?

Mamma sa det hver eneste mandag mens de spiste frokost.

– Ja. Selvfølgelig!

Synne ble irritert. Masemamma! Trodde hun ikke at Synne kunne huske **noe** selv? Hver mandag fikk de være en hel time i skolebiblioteket, og hun kunne låne med seg en ny bok hjem. Synne gledet seg så det kriblet i magen. Boken hun hadde lest denne uken, var om en jente som falt ned i et eventyrland. Der drakk hun en magisk trylledrikk og ble kjempeliten. Etterpå spiste hun en kake og ble kjempestor. Boken var spennende og fin. Synne skulle si til Hauk i dag at han måtte låne den. Han likte ofte de samme historiene som henne. Hauk var nesten blind, og for ham var det best å høre på lydbøker. Hun lurte på hva han ville si når hun fortalte ham om drømmen. Hauk likte skumle ting.

Synne og Hauk var bestevenner og de hadde en strengt hemmelig klubb sammen med Kim og Doffen. Hauk var sjefen. Han sa hele tiden at siden han hadde dårlig syn, hadde han supersanser. Superlukt, super-smak og superhørsel. Litt som en superhelt. De andre i klubben lot som om de trodde på det. En gang hadde de bestemt seg for å teste Hauks supersanser. De la en sjokolade rett ved siden av ham uten å si noe. Hauk merket ingenting før kløne-Doffen raslet litt med sjokoladepapiret. Så de ble enige om at han kanskje faktisk hadde superhørsel, men ikke superluktesans.

Kim hatet bøker. Hun bygget høye tårn av dem. Hun elsket å lage ting. Doffen likte bedre å game. Han var best i klassen i å spille Fortnite. Doffen sa at han ville like lesing bedre om det kom en Fortnite-bok. Kim spurte ham hvorfor han ikke bare laget en selv? Han begynte å skrive samme kveld, men så begynte han med spillingen igjen, og boken ble bare tre og en halv side. Typisk Doffen.

Da Synne gikk ut av døren hjemme på vei til skolen, merket hun det samme kalde gufset i nakken en gang til. Det kjentes som om en kald finger strøk over huden hennes rett under hårfestet. Hun snudde seg så fort at hestehalen dasket henne i ansiktet. Det var ingen der. Hun blunket flere ganger. Fortsatt ingen der. Synne kjente at hjertet banket fort og hardt. Hun løp hele veien til skolen uten å stanse. Ingen løp etter henne.

Hauk så litt bekymret ut da Synne kom pesende inn i skolegården. Sannsynligvis hadde vel superhørselen hans varslet om at hun løp, lenge før hun dukket opp.

– Hva skjer?

Hauk kom mot henne og støttet henne så hun ikke falt i bakken. Synne kjente den kalde høstlufta stikke som nåler i lungene, og magen hennes gjorde vondt. Hun klarte ikke å si noe enda, hun måtte få pusten igjen først. Beina skalv.

– Er det noen som følger etter deg? Skal jeg banke dem?

Doffen knyttet nevene og bokset i luften.

– Skjerp deg, Doffen!

Kim kom bort og knoket Doffen i skulderen. Han knoket henne rett tilbake. Slik holdt de på en stund, mens Synne fikk roet seg ned.

– Det var noen som tok på nakken min,

men da jeg snudde meg, var det ingen der!

De tre andre kom litt nærmere henne, så ingen av de andre som stod utenfor skolen skulle høre noe. Hauk gliste fornøyd.

– Sier du at dette er en sak for DSHK?

– Hva er DSHK?

Kim så forvirret ut. Doffen sitt ansikt lyste opp.

– Yes! Endelig et mysterium vi kan løse.

Doffen ble faktisk så ivrig at han hoppet litt opp og ned.

– DSHK betyr Den Strengt Hemmelige Klubben, forklarte Hauk tålmodig.

– Aha!

Kim foldet armene i kryss og ventet spent på fortsettelsen. Akkurat da ringte det inn.

– Vi møtes på det faste stedet.

Hauk gikk fornøyd og målbevisst i retning klasserommet. De andre tre fulgte etter.

Biblioteket

To veldig lange timer senere møttes de i skolebiblioteket. Hauk vinket dem bort til lesekroken. Synne så lengselsfullt mot alle hyllene med bøker før hun satte seg, mens de to andre slengte seg ned på de myke putene uten å nøle.

– Ok. Fortell oss alt.

Hauk måtte hviske. Karen som jobbet i skolebiblioteket var ganske streng på det med snakking. Hun sa alltid at det var en gammel tradisjon å ha en rolig atmosfære i biblioteket. Ingen av dem visste helt sikkert hva atmosfære betydde. Doffen sa at det hadde noe med verdensrommet å gjøre. Hauk sa at han trodde det bare betydde å være stille. Kim ble irritert og sa at et ord kan bety flere ting, og at atmosfære kunne være både luft og noe annet. Hauk ble sur og sa at det ikke var så mange lydbøker om atmosfæren, så hvordan kunne han vite det? Doffen lå på ryggen oppå putene og

23

pillet seg i nesen før han knipset en buse langt av sted. Busen suste rett forbi ryggen til Karen og landet på skrivebordet hennes.

– Doffen!

Kim klasket håndflaten i ansiktet sitt, og Doffen satte seg opp med et ansiktsuttrykk som avslørte at han var både stolt og litt forskrekket.

– Så du hvor langt den fløy. Superbusen!

Nå begynte alle fire å le. Karen lo **ikke**. Hun pekte mot døren med et strengt uttrykk i ansiktet, og dermed ble de sendt ut på gangen. Doffen fikk akkurat subbet busen ned på gulvet idet han gikk forbi det gamle skrivebordet.

Ute på gangen slapp de å hviske. Nå kunne de snakke vanlig igjen, så **noe** nyttig kom det ut av Superbusens flyvetur.

– Ok, sa Synne. Det begynte med at jeg hadde et mareritt om en jente med ...

Kim avbrøt henne.

– Hvit kjole?

Synne nikket.

– Ja, hvit kjole, og hun hadde langt ...

Nå var det Doffen som avbrøt, med litt skjelvende stemme.

– Mørkt hår?

– Hvordan visste du det?

Så sa Kim og Doffen helt på likt:

– Jeg drømte også om henne.

Hauk kremtet. Han fikk den lille rynken i pannen han pleide å få når han tenkte hardt på noe.

– Hadde hun et veldig utydelig ansikt?

De tre andre så på hverandre og trakk på skuldrene. Det var ikke noe unormalt ved at Hauk så ansikter utydelig, så de prøvde stille å finne ut hvem som skulle si noe til ham. Det ble Doffen som prøvde å få frem noen ord.

– Hauk, altså, når du drømmer, har du liksom, på en måte, altså ...

– Han spør om du ser perfekt i drømmer, sånn vanligvis.

Kim var alltid så utålmodig, men hun var ganske modig. Hun sa og gjorde alt det de andre ikke turte. Hauk rykket til. Det var som om han ikke hadde tenkt over at de andre ikke visste det. I drømme var han ikke super, der var han helt vanlig.

– Ja! I drømmer ser jeg helt vanlig, sånn som før ulykken.

De tre andre gispet høyt. Nå visste de det sikkert. Alle fire hadde drømt det samme. Men hvorfor var det bare Synne som hadde kjent den kalde fingeren? Doffen gned seg i nakken. Den var varm.

– Tror dere vi har drømt om et **spøkelse**?

Synne hvisket, selv om de var på gangen. Noen ting var for skumle til å sies høyt. I det samme åpnet døren til biblioteket seg. Karen stakk hodet ut og bad dem komme inn igjen. Alle fire gikk tilbake til lesekroken.

De andre i klassen gikk rundt og fant seg
bøker de ville låne.

Synne hvisket bare til Kim:

– Jeg må finne meg en bok. Blir du med?

Kim nikket. Guttene gikk til lydbokhylla.
Hauk ville finne en bok om verdensrom-
met. Han bare **måtte** finne svaret på hva en
atmosfære egentlig var.

Karen fulgte dem med øynene. Synne
kikket bort på henne og så at hun stod med
en gammel bok i hendene. Boken hadde et
fint, snirklete mønster utenpå og en slags
rund fordypning på forsiden.

– Se!

Hun skubbet Kim i siden med albuen.
Kim tok armen hennes og holdt den fast.
Synne prøvde å nikke mot Karen og den
spennende boken. Kim skjønte hva hun
mente.

– Ok. Jeg skal følge med på hvor hun
legger den, du kan gå bort og finne deg en

annen bok.

Synne nikket. Hun gikk bort til hyllen med ungdomsbøker og plukket ned en bok med bilde av en alveprins med pil og bue. Den så fin ut. Hun likte eventyrbøker. Kim kom snart tilbake tomhendt.

– Den gamle, kule boken du så får man selvfølgelig ikke lov til å låne. Karen låste den inn i det grønne skapet.

Synne ble skuffet. Samtidig lurte hun på hvorfor Kim smilte så lurt. Det fant hun snart ut. Kim åpnet hånden og viste frem en liten nøkkel.

– Dette er i hvert fall en sak for DKSH!

– Du mener DSHK, sa Synne.

– Samma det, hvisket Kim. Når bibliotektimen er over, går vi tilbake og sier at vi har glemt noe. Vi kan late som om Hauk har mistet brillene sine. Dere kan lete etter brillene og få hjelp av Karen. I mellomtiden «låner» jeg boken. Ok?

Kim laget hermetegn med fingrene mens hun sa «låner». Synne skjønte at hun mente å ta den uten lov.

– Du er gal, Kim!

– Nei da. Ok. Litt gal, kanskje? Nei da. Jo da.

Begge to fniste.

– Kom, vi forteller guttene om planen.

Da de kom tilbake til lesekroken, lå begge guttene på putene og hørte på lydbok med hver sin ørepropp. Hauk hadde boken inne på mobilen, det var en app for sånt. De kunne se navnet på boken de hadde lånt på mobilskjermen. UNIVERSET.

– Skru av, hvisket Kim. Vi har en ny sak for DKSH.

– DSHK! Doffen himlet med øynene. Han tok ut øreproppen.

– Er det så vanskelig å huske det?

Kim lot som om hun ikke hørte hva han sa. Hun bøyde seg ned og viste dem den lille nøkkelen. Hauk følte på den og smilte.

– Har du tatt nøkkelen til det grønne skapet! Vi kommer sikkert til å få gjensitting eller utvisning hvis vi blir tatt. Jeg liker det.

Kim smilte fornøyd. Synne fortalte om den spennende, gamle boken og planen for å få tak i den. Mens hun beskrev hva de hadde tenkt å gjøre, så det ut som Doffen verket etter å si noe.

– Ja, Doffen?

– Er det bare meg, eller drømte dere andre også om en sånn bok?

De tre andre ristet på hodet.

– Hva drømte du?

Synne ventet spent på at han skulle fortelle mer, men nå avbrøt Karen dem og sa at det var friminutt. Like etter ringte det ut. Synne glemte helt boken om alveprinsen. Hun husket ikke hvor hun hadde lagt den fra seg. Ingen av de andre fikk med seg bøker, heller.

Oppdrag
briller & bok

De ventet fem lange minutter før de gikk tilbake til skolebiblioteket. Hauk glemte nesten å ta av seg brillene, det skulle tatt seg ut! Da ville jo hele planen falt i vasken. Synne kjente at hun fikk litt vondt i magen og gruet seg. Samtidig hadde hun aldri hatt **så** lyst til å lese en bok før, og den spente kriblingen overdøvet hele magevondten ganske bra. Hun tok med seg skolesekken så de hadde noe å gjemme boken i om dette oppdraget faktisk skulle gå bra.

Kim gledet seg. Hun elsket alt som var spennende. Hun påstod at de egentlig ikke trengte nøkkel. Kim kunne bare dirke opp låsen til det grønne skapet med en hårnål. Begge guttene mente at det var helt usannsynlig, og så begynte de å krangle om hva som var lettest å dirke opp en lås med. Hauk mente binders, Doffen valgte sikkerhetsnål, mens Kim stod fast ved hårnålen. Synne bare gledet seg til å bli ferdig så hun kunne lese den spennende gamle boken.

Karen satt ved skrivebordet. Hun leste en tykk bok om sinte druer, så det ut til. Synne lurte på hva druer hadde å være sinte for. Dårlig vær? Kim gikk rett bort til skrivebordet og kremtet.

– Vi lurer på om Hauk kanskje har glemt brillene sine her. Vil du hjelpe oss med å finne dem?

Karen kikket opp. Hun smilte. Hauk fomlet seg frem til skrivebordet, nå var han virkelig helt blind. Uten brillene så han ingenting.

– Jeg hadde dem da vi valgte ut bok der borte.

Han pekte i helt feil retning.

– Borte ved lydbøkene, mener han.

Doffen skjøv hånden til Hauk riktig vei.

– Ok.

Karen reiste seg og fulgte dem bort til lydbokhylla. Hun la seg ned på kne for å

kikke under den, og Doffen vinket til Kim
at hun skulle sette i gang med oppdraget.
Kim snek seg bort til det grønne skapet og
prøvde å sette nøkkelen i låsen. Hun mistet
den ned på gulvet, og Synne hostet høyt
flere ganger for å skjule lyden av nøkkel
som falt mot hardt gulv. Blodet bruste inne
i hodet hennes så hun nesten ikke kunne
høre seg selv hoste.

Karen krøp bortover gulvet. Litt av håret
hennes hadde løsnet fra hårbøylen og hang
ned foran ansiktet da hun kom seg opp på
føttene igjen.

– Ingen briller under der.

Hun var litt rød i ansiktet.

– Jeg lurer på om de kan ha falt mellom
putene i lesekroken.

Hauk og Doffen trakk Karen med seg
bortover i retning av stedet der de hadde
hørt på UNIVERSET tidligere. Nå kunne Kim
jobbe i fred.

På andre siden av biblioteket hadde Kim plukket nøkkelen opp fra gulvet, og nå satte hun den i låsen. Hun vred den rundt, og et lite knepp fortalte at skapdøren var åpen. Synne klarte nesten ikke å se på lenger. Hun følte seg svimmel. Nå holdt Kim boken i hendene. Hun åpnet boken forsiktig. Det var noe merkelig med den. Det så ut som den lyste. Synne så på Kim, og ansiktet hennes hadde et gyllent skjær. Det så ut til å komme fra boken.

– Kim? Går det bra?

Synne tok et steg nærmere og åpnet skolesekken så Kim kunne putte boken ned i den. Kim stod helt stille. Hun beveget leppene, men hun sa ikke noe. Leste hun?

– Kim? Hva gjør du? Leser du?

Synne hvisket så høyt hun kunne. Kim stod helt stille. Så lukket hun boken og la den fort ned i sekken. Før hun fikk sagt noe, kom guttene og Karen tilbake. Kim stod med ryggen til skrivebordet og la den lille nøkkelen til skapet forsiktig på plass.

– Beklager, gutter. Jeg skal gi beskjed om at du savner brillene. Trenger du hjelp til å komme deg tilbake til klasserommet, Hauk?

Hauk klappet seg på jakkelommen.

– Nei, hallo! Er det mulig!

Han tok opp brillene fra lommen og satte dem på seg.

– Der var de, ja! Haha. Så klønete av meg.

Han smilte unnskyldende. Karen smilte tilbake. Hun satte seg ved skrivebordet igjen.

– Det går fint. Jeg er bare glad for at du fant dem.

Hun tok opp boken sin, åpnet den og fortsatte lesingen, mens alle medlemme-ne i DSHK gikk rolig ut som om ingenting hadde hendt. Da de var kommet til døren, reiste Karen seg raskt opp.

– Synne!

Det gikk kaldt nedover ryggen til Synne. Å nei! Nå får vi høre det! Hun så oss likevel! Bølla, han slemme i syvende, hadde sagt en gang at Karen hadde øyne i nakken, tenk om det var sant! Nå kom hun mot dem med bestemte steg.

– Du glemte boken du skulle låne.

Synne pustet lettet ut og tok imot boken om alveprinsen. De andre tre smilte, og så gikk de ut med den mystiske boken trygt gjemt i sekken. Det ringte inn til fjerde time. Nå var det bare to timer igjen til de kunne samles og se nærmere på boken. De timene sneglet seg av gårde.

Trehuset

Endelig ringte det ut etter siste time. DSHK-gjengen samlet seg i trehuset de hadde bygget sammen. Det var Kim som hadde bygget mesteparten, men de andre hjalp til så godt de kunne. Nå satt de der med boken på gulvet foran seg. Ingen sa noe. Til slutt strakte Kim frem en hånd og åpnet den. Absolutt ingenting skjedde. Det kom ikke noe lys. Det var ingen bokstaver i boken. Det stod ingenting. Kim bladde videre i boken.

– Hva står det?

Hauk hvisket så lavt at det nesten var uhørlig.

– Ikke en dritt.

Doffen var litt sur i stemmen.

– All den jobben til ingen nytte.

Hauk følte på det gamle papiret og prøv- de å finne ut nøyaktig hvor gammelt det var, men kom ikke frem til noe, så det ut til. Kim ristet på hodet.

– Det er noe som ikke stemmer her. Jeg leste det klart og tydelig før i dag da vi var i biblioteket.

Hauk så skeptisk ut.

– **Du** leste? Du leser jo aldri! Tuller du, eller? Du hater jo bøker!

Kim hadde så lyst til å si det. Hun ville fortelle at i denne boken kunne hun lese uten at bokstavene hoppet rundt. Hun ville fortelle at hun egentlig ikke hatet å lese; hun fikk det bare ikke til. Hun turte ikke. Tenk om de syntes hun var teit eller trodde at hun løy. Hun sa ingenting.

– Jeg så noe rart med boken da du leste i den. Den liksom lyste.

Synne strøk fingrene over forsiden av boken. Hun kunne lese det som stod der: «Historien om Wuxing».

– Hæ?

Kim skjønte ingenting.

– Hvordan da lyste?

– Ansiktet ditt fikk liksom en sånn solstrå-leaktig farge. Litt som om boken glødet.

Kim så på Synne som om hun hadde blitt gal.

– Sier du at ansiktet mitt glødet? Er du helt sprø?

Kim tappet fingeren mot siden av hodet, signalet for å være helt koko bananas.

– Ta boken opp fra gulvet og hold den, så får vi se hva som skjer.

Hauk pekte på boken mens han sa det.

– Hvis du tør!

Doffen gliste. Han elsket å erte Kim. Han visste godt at hun var modigere enn ham, men noen ganger trengte hun et lite puff for å huske det selv.

– Greit!

Kim strakte hendene mot boken, dro den til seg og løftet den opp. Det kilte i magen. Alle var helt stille. Synne grep hånden til Hauk og klemte til. Dette var så fryktelig spennende. Doffen gliste ikke lenger, han holdt pusten. Kim pustet ut, åpnet boken og kikket ned. Nå så hun det igjen. Alle bokstavene som stod pent på rad. Ingen hoppet, ingen danset. De holdt seg pent på plass der de skulle være. Hun smilte.

– Se!

Doffen pekte på ansiktet til Kim, som lyste opp av gløden fra boken.

– Det skjer igjen.

Synne hvisket. Hun klemte så hardt at Hauk måtte trekke til seg hånden sin. Han rettet på brillene og kremtet.

– Hva står det, Kim? Kan du lese det?

Alle ventet spent på svaret. Så kom et sterkt lysglimt, og både Kim og boken ble borte.

Usynlig venn

Doffen var den første som sa noe.

– Men vi skal jo på Taekwondo-trening. Det er mandag.

Han var tydeligvis i sjokk, for det var en veldig rar ting å si. Synne klarte ikke å le engang, hun var så redd. Hva i svarte hadde skjedd? Hvor ble Kim av, og hvor ble boken av? Hadde Kim forsvunnet inn i boken? Hva skulle de si til foreldrene når de lurte på hvor Kim var blitt av? Hvis de fortalte om boken, ville de for det første bli kjempesinte fordi de hadde stjålet en bok fra skolebiblioteket. For det andre ville de tro at de løy, for man kan jo ikke bare forsvinne med et lysglimt!

Hauk satt helt musestille med hodet i hendene. Om det var ett tidspunkt han kunne få nytte av supersansene sine, så var det nå. Han lyttet intenst. Han kunne kjenne lukten av Kim. Hun luktet som nudler og jord. Kim hadde spist nudler i storefri på skolen i dag, og på vei hjem snublet hun ned i en grøft og fikk gjørme på buksene. Typisk Kim. Hauk strakte frem hendene mot der boken hadde ligget på tregulvet før Kim løftet den opp.

– Jeg kjenner den fortsatt.

Han hørtes overrasket ut, som om han ikke helt trodde hva han selv sa.

– Hva mener du?

Doffen skjønte ingenting. Synne gispet.

– Mener du at ... både boken og Kim er blitt usynlige?

Hauk nikket ivrig. Så virket det som om han dunket hodet sitt i noe.

– Au! Unnskyld, Kim. Vi skallet visst.

Hauk gned seg i pannen.

Han tok frem mobilen fra lommen.

– Siri, Google **Wuxing**.

De ventet spent.

– Wuxing, kinesisk for **usynlig**, svarte damestemmen fra mobilen til Hauk.

– Aha!

Hauk nikket fornøyd.

– Jepp, som jeg trodde.

– Bare synd at vi ikke har en slags magisk eventyr-Google som kan fortelle oss om hva Wuxing er. Kan det være et land, er det en by, er det en person? Er det et monster?

Synne hvisket det siste. Hun hadde egentlig ikke så lyst til å vite om det var et monster. Doffen reiste seg opp.

– Jeg må gå til treningen nå. Men hva skal vi si når de spør etter Kim?

– Si at hun er hos meg. Overnattingsbesøk.

– På en mandag til tirsdag?

Hauk så skeptisk ut.

– Har noen et bedre forslag?

Ingen svarte. Doffen begynte å klatre ned fra trehuset. Hauk reiste seg også. Han gikk i en liten bue utenom der boken og Kim antagelig satt, usynlige begge to.

– Ikke vær redd, Kim, vi skal finne en løsning. Bare bli her. Ikke gå noe sted.

Synne hadde heller ikke lyst til å gå noe sted. Hun ble lei seg ved tanken på å forlate usynlige Kim her i trehuset. Tenk å være alene en hel natt! Synne så på Hauk, som nå stod øverst på stigen i ferd med å klatre ned. Han så redd ut. Ikke redd for å klatre ned, men redd for hva som hadde skjedd med Kim. Doffen som bare gikk på trening. Det var dårlig gjort! Kanskje han var i sjokk. Da gjør man rare ting.

– Det går nok bra!

Hauk var nede på gresset nå. Han hadde bare noen få steg hjem. Han vinket opp til henne. Hun vinket tilbake. Synne tok frem mobilen. Hun ringte til mamma.

– Hallo? Hva er det? Jeg er på jobben nå, det er veldig travelt her! Er alt bra med deg?

– Hei, kan jeg sove hos Kim i natt? Vi har

en sånn presentasjon vi skal gjøre ferdig til i morgen, og det er så mye igjen. Det kommer til å ta veldig lang tid. Synne fikk litt vondt i magen. Hun likte ikke å lyve til mamma. Men nå var det krise. Hun planla å sove her i trehuset sammen med usynlige Kim i natt.

– Kan ikke heller Kim sove hos oss, da? Jeg kan ringe moren hennes og høre om det er greit. Hun har jo tannbørste hos oss fra sist hun overnattet. Ok?

– Ok! Tusen takk, mamma!

Puh! Synne pustet lettet ut. Nå måtte hun bare bære hjem både sin egen og Kims sekk. Hun sendte en melding til Hauk og Doffen.

Kim overnatter liksom hos meg. Mamma sa JA!

Både Hauk og Doffen svarte henne med overrasket fjes og tommel opp. Hun kastet begge sekkene ned først, og så klatret hun ned. Før hun gikk, ropte hun til usynlige Kim:

– Jeg må gå hjem nå, men vi kommer tilbake i morgen før skolen. Ikke vær redd, men det er du jo aldri. Ikke dra noe sted!

På veien gjennom hagen hjemme syntes hun det var noe hvitt som blafret rett ved hushjørnet. Hun stivnet til, og hjertet begynte å banke fortere. Så hørte hun mjauing og skjønte at det bare var Samson, katten til naboen.

Vel hjemme slengte hun sekkene i gangen. Men hun hadde ingen sko eller jakke som kunne være Kims. Hun åpnet sekken til Kim, og der lå heldigvis en regnjakke. Skoene fikk bare være. Det var så mange sko i den gangen uansett.

Inne på rommet redde Synne opp gjestesengen. Hun tok sminkedukkehodet sitt og la det på puten. Dynen lå nesten helt over, så bare litt av håret stakk ut. Noen puter fikk være kroppen. Hun jobbet ivrig med å få alt til å se ekte ut, og glemte helt at hun hadde en ny bok å lese. Det var et par timer til resten av familien kom hjem. Hun slengte seg ned på sengen og begynte på boken.

– Synne! Det er middag!

Pappa banket på døren. Heldigvis kom han ikke inn.

– Ok! Kommer snart!

Dette hadde hun ikke tenkt på. De ville jo lure på hvorfor ikke Kim ble med ned for å spise. Tenk, tenk! Hun fant frem mobilen og ringte til Hauk.

– Yo, wazzup!

– Det er Synne, hva skal jeg gjøre nå?

Hun hvisket så ingen skulle høre henne gjennom døren.

– Hva mener du?

– Jeg mener, nå skal vi spise middag, men Kim er jo ikke her, hva skal jeg si?

55

– Bare spør om dere kan spise middag på rommet? Det pleier vi å gjøre når jeg har overnattingsbesøk. Si at dere har mange lekser og sånn.

– Takk! Det var lurt! Vi meldes senere.

– Okidoki.

Hauk la på først. Litt etter sendte han en melding. Hjerte og et spøkelse. Synne skjønte ikke hva han mente, og hadde ikke tid til å finne det ut, heller. Hun løp ned trappen og inn på kjøkkenet. Det var lapskaus.

– Er det greit om vi spiser på rommet?

Pappa rynket pannen. Nå sier han nei. Jeg bare vet det. Hun gruet seg til å si at Kim ikke var der og at hun hadde løyet, for nå ble alt oppdaget.

– Ok. Skal jeg hjelpe deg med å bære opp?

Hun trodde ikke hva hun hørte. Hvorfor var alle så greie i dag?

– Nei da, det går fint!

Synne tok en stor skål med lapskaus og to gafler. Pappa gav henne to Capri-Sonne som han dyttet mellom armen og siden hennes.

– Kos dere! Kjekt å ha venner på besøk. Mandag til tirsdag!

– Ja, det er en viktig skoleoppgave.

Hun tok et par biter med flatbrød i munnen. Det ene flatbrødet knakk og falt ned i trappen. Hun lot det ligge. Lillebror ville sikkert spise det senere. Nå måtte hun spise enormt mye lapskaus så de ikke skulle få mistanke. Hun kom seg inn på rommet og lukket døren bak seg med rumpen. Middagen ble plassert på skrivebordet.

Mons mjauet utenfor vinduet hennes. Han satt på greinen i det store treet som vanlig, og han kom inn straks hun åpnet vinduet. Mons malte fornøyd. Hun fant frem en liten plastpotte fra en kasse med dukketing inne i skapet, blåste litt støv av den og hadde lapskaus oppi. Mons spiste en god porsjon med lapskaus. Synne ble stappmett av resten, men sammen klarte de to å spise opp hele måltidet. Hun gikk ned igjen med den tomme skålen og de to gaflene.

– Takk for maten!

– Vel bekomme!

Pappa ropte tilbake fra stuen. Han så på fotballkamp. Lillebror lekte med Duplo. Mamma var fortsatt på jobben. Synne løp opp trappen, to trinn av gangen. Hun gjorde leksene sine og leste litt mer i boken om alveprinsen. Da det ble leggetid, pusset hun tennene to ganger og trakk ned i do to ganger. Så ropte hun godnatt to ganger, med to litt forskjellige stemmer.

Hjertet hennes begynte å banke hardt da mamma kom hjem og åpnet døren inn til rommet for å si god natt. Det hadde blitt

mørkt. Mamma så ikke at Kim var et dukke-
hode og puter under dynen. Alt gikk helt
fint. Nå kunne hun endelig sove. Hun lå
lenge våken og tenkte på Kim i trehuset.
Tenk om hun ikke var der, selv om Hauk
hadde sagt det. Hun lurte på om Kim var
redd. Kim pleide ikke å være redd for noe.
Hun sendte en melding.

*Er du helt sikker på at du kjente boken og
Kim?*

Hauk svarte med smilefjes og tommel
opp. Så skrev han noe annet som gjorde at
Synne ble redd.

*Jeg er nesten helt sikker på at jeg også
drømte om boken. Vi får se i natt. Kanskje
vi drømmer noe mer? Natta!*

Synne sendte bare tilbake et redd ansikt
og et geipefjes. Hvordan skulle hun klare å
sovne nå? Hun så bort på håret til dukkeho-
det som stakk ut fra dyna og ønsket at det
var Kim. Hun savnet henne. Kanskje hun

kom tilbake i morgen. Hun kom sikkert
tilbake i morgen! Synne sovnet til slutt. Hun
merket ikke at en skikkelse gikk stille gjen-
nom rommet og la noe lite og blankt på
dynen til liksom-Kim.

Den magiske mynten

Synne våknet av at mamma banket på dø-
ren.

– Er du våken? Jeg går nå. Husk å smø-
re niste og ta med frukt. Kim kan også ta
med frukt, dere kan velge mellom banan og
pære. Ha det! Jeg må løpe.

Mamma klapret ned trappene uten å
vente på svar. Synne så på klokken. 08:00.
Klokka var åtte. Nå hadde hun en time på
seg før skolen startet. Hun rakk å gå innom
trehuset på veien. Hun håpet Kim var til-
bake. Synne kledde på seg og gikk inn på
badet. Det blinket i mobilen. Hun satte den
på høyttaler.

– Yo, wazzzup! Gikk det greit med over-
nattinga? Drømte du noe nytt?

– Hei, har du vært i trehuset i dag? Jeg
drømte ingenting. Kan jeg legge sekken til
Kim i trehuset? Hva skal vi si på skolen?

– Jeg er i trehuset nå. Det er derfor jeg
ringer. Boken er tilbake. Kim er ikke tilbake.

– Hva mener du? Boken **er** der? Kim er **ikke** der?

– Jepsi pepsi. Det er helt krise!

– Jeg kommer bort nå.

Synne la på uten å vente på svar. Hun tok med seg både en banan og en pære og stappet et knekkebrød i munnen på vei ut. Så husket hun at hun måtte legge dukkehodet på plass og ta vekk putene. Hun løp opp trappen, tre og tre trinn.

Inne på rommet var det som om gulvet var skjevt. Hun gikk bortover mot sengen for å ta bort dukkehodet, men kroppen hennes ble styrt bortover mot vinduet. Hun prøvde å holde seg fast i sengekanten. Alt snurret rundt. Hun så noe som blinket på dynen der borte. Det så ut som en gullmynt. Hun krøp sakte bort til sengen, men det føltes som om hun krøp i taket og ikke på gulvet. Fingrene hennes klorte etter mynten. Hun måtte gripe den. Mynten var varm, men hun brant seg ikke. Rommet sluttet å bevege seg da hånden hennes holdt rundt mynten. Hun satt svimmel og forvirret på gulvet og så opp på sengen. Det lå noen der og sov. Var det Kim?

– Kim?

Stemmen til Synne var bare en hviskelyd. Hun kremtet.

– Kim?

Hun reiste seg opp og bøyde seg over den sovende skikkelsen. Det lyse håret lå over ansiktet, så hun kunne ikke se om det var henne. Hun strakte forsiktig hånden sin nærmere for å ta bort håret og se hvem det var. Akkurat da snudde skikkelsen seg mot henne og tok håret bort selv med en søvnig bevegelse.

– Kim!

Hun bøyde seg ned og gav henne en kjempeklem. Så åpnet Kim øynene, og Synne så at de var gule og glitrende, som dyreøyne.

– Synne!

Stemmen hennes hørtes akkurat ut som før. Men de øynene. Synne fikk gåsehud over hele kroppen.

– Hvor har du vært? Hva skjedde? Du forsvant og boken forsvant, og vi skjønte ingenting, og ... Øynene dine!

Synne rygget litt tilbake og lette etter speilet som hun hadde i skuffen på nattbordet

– Se!

Kim tok speilet og så seg selv. Hun hylte. Hun holdt seg for øynene.

– Hva har skjedd med øynene mine!

Synne så på mobilen. 08:45. Kvart på ni. Nå måtte de gå. Hun tok et par solbriller som lå i vinduskarmen.

– Ta på deg disse. Vi må gå til skolen. Jeg ringer Hauk på veien.

Kim sjanglet over gulvet. Hun virket veldig forvirret mens hun studerte de nye mystiske øynene sine i speilet.

– Øynene mine! Hvordan kom jeg hit? Vi var i trehuset, og så kom jeg plutselig hit?

– Kom nå. Jeg er bare glad du er tilbake, dyreøyne eller ei.

Hun gav Kim en klem, og holdt henne i hånden hele veien til skolen, redd for at hun skulle forsvinne igjen om hun slapp taket. Kim var stille nesten hele veien. Synne ringte Hauk og prøvde å forklare ham hvordan øynene til Kim så ut.

– Hva mener du, dyreøyne?

Han hørtes skeptisk ut.

– Kan hun se om natten nå? Ligner de mest på katteøyne eller krokodilleøyne? Hvor var hun egentlig? Hva skjedde?

Han hadde mange spørsmål, og Synne kunne ikke svare på noen av dem. Hun gav mobilen til Kim.

– Jeg vet ikke hva som skjedde. Det kom et sterkt lysglimt, og så våknet jeg hjemme hos Synne. Øynene mine fungerer helt som før, tror jeg. De har litt rar farge. Jeg fikk låne noen solbriller av Synne. Vi sees om fem minutter.

Hauk og Doffen stod og ventet utenfor skolen.

– Få se!

Doffen tok solbrillene ned for å sjekke ut de nye øynene til Kim.

– Hvordan ser de ut?

Hauk trippet utålmodig etter mer informasjon.

– Hm. De er liksom gule. Eller litt sånn gulorangegullaktige. Glitrende. Dyreaktige. Kult!

Doffen lot Kim ta brillene på plass igjen.

– Knappen kommer ikke til å la deg ha dem på i timen. Det vet du.

– Jeg sier bare at jeg har migrene. Han kan ikke nekte meg det da. Mamma har migrene og går med solbriller hele tiden.

Kim sukket tungt. Hun skulle så gjerne ha husket hva som hadde skjedd. På vei inn til skolen så hun på alle plakatene at bokstavene hoppet og danset igjen. Hun hadde håpet at kanskje de nye øynene ville gjøre en forskjell. Men nei da.

Før de gikk inn i klasserommet, stoppet Doffen opp.

– Vent! Jeg må fortelle dere noe. Jeg drømte mer i natt.

De tre andre kom nærmere. De stod i en liten ring så ikke de andre i gangen skulle høre noe av det de sa.

– Jeg så jenten i den hvite kjolen, hun med det mørke håret og det utydelige ansiktet. Hun pekte på boken og sa noe. Jeg hørte ikke hva hun sa. Så pekte hun på en gullmynt som svevde i luften. Mynten la seg ned i den runde fordypningen utenpå boken, og så åpnet boken seg og alle bokstavene kom frem. Det var skikkelig kult!

Synne stakk hånden i lommen og trakk frem mynten hun hadde funnet på sengen.

– Lignet den på denne?

Doffen grep mynten og studerte den nøye før han gav den videre til Hauk.

– Jepp, det er akkurat den samme.

Hauk følte lenge på mynten. Så løftet han den forsiktig opp foran ansiktet til Kim. Synne og Doffen tok begge et steg tilbake da øynene til Kim begynte å glitre sterkere bak de mørke solbrillene.

– Wow!

– Ok. Da vet vi at mynten, boken og de nye øynene til Kim henger sammen. Men husker du ingenting av hva den jenten sa i drømmen?

Hauk gav mynten tilbake til Synne, som puttet den tilbake i lommen. Doffen kløedde seg i bakhodet, slik han alltid gjorde når han skulle finne en løsning på et problem.

– Om vi bare hadde hatt boken her.

– Den lå i trehuset i dag tidlig, men jeg turte ikke ta den med meg til skolen.

Hauk tok frem mobilen.

– Hva er klokken?

Stemmen fra mobilen svarte at klokken var på tide å skynde seg til timen. Ja, den sa ikke akkurat det, men tidspunktet var litt for nært skolestart til at de kunne stå der i gangen og skravle.

Knappen bad som forventet Kim om å ta av seg solbrillene inne i klasserommet. Kim svarte at han gjerne kunne ringe til moren hennes og spørre om ikke det var sant at Kim måtte ha solbriller i dag på grunn av hodepine. Knappen gav seg med et oppgitt sukk. Det glitret litt ekstra i de gylne øynene bak brillene, og hun blunket til Synne, som kniste tilbake.

Historien om Wuxing

Etter skolen gikk de rett til trehuset. Boken var forsvunnet igjen. Hauk prøvde å kjenne etter om den var der, at de bare ikke kunne se den. Niks. Ingen bok.

Synne tok mynten opp av lommen. Hun la den på gulvet samme sted som boken hadde ligget dagen før. Kim tok av seg sol-brillene, og de så at øynene hennes glitret. Doffen så litt ekstra lenge på dem. Han syntes Kim kledde de nye øynene. Hauk tok opp mynten og snurret litt på den. Øyne-ne til Kim begynte å glitre og lyse enda litt sterkere. Hun strakte ut hånden etter mynten. Hauk la den i hånden hennes, og så kom det et kraftig lysglimt igjen. Boken kom tilbake. Mynten hadde lagt seg ned i fordypningen på forsiden av boken.

– Boken er her igjen. Les! Les hva som står der, Kim.

Kim åpnet boken og begynte å lese høyt. Bokstavene stod pent på rad, og øynene hennes glitret sterkere og sterkere mens hun leste.

– Dette er historien om kongedømmet Wuxing. Hver generasjon hadde sin egen konge eller dronning. Tronen gikk i arv til den førstefødte. Slik var det i tusen år frem til kroningen av den trettende tronarvingen, Kronprinsesse Paris. På dagen for kroningen hennes, midt under seremonien, trådte den onde og mektige trollmannen Wushi frem. Han forbannet både Paris og begge foreldrene. De ble dømt til å vandre i grenselandet mellom de levende og døde til evig tid. Dermed ble lillebroren til Paris, Alex, den nye kongen.

Nerak, den gode feen, prøvde fortvilet å stoppe trollmannen, men hun ble forvandlet til en skifter, og de så henne aldri igjen. Hun kunne være hva som helst, hvem som helst, hvor som helst. Den magiske klokken hennes, som kunne ha reddet hele familien, ble gjemt i en livsfarlig magisk labyrint.

Etter en stund forsvant også den vesle kongen, og den onde trollmannen Wushi tok over tronen. Den eneste som kunne bryte forbannelsen, var Paris selv. Da hun prøvde å flykte tilbake til de levende, ble hun fanget i et spøkelseshus like utenfor mellomverdenen. Uten kronen sin hadde hun ingen mulighet til å komme tilbake.

De lyttet uten å si noe. Kim leste og leste, hele historien om hvordan landet sørget over kongefamilien som forsvant. Hun leste skumle fortellinger om hvordan den onde trollmannen Wushi hersket. Han var grusom. Kim fortalte dem om det magiske landet Wuxing som var så vakkert og frodig, men som visnet bort og ble nesten helt fargeløst under det griske eneveldet. Det var den mest fantastiske boken de hadde lest.

Magen til Doffen rumlet høyt. Kim lukket

boken og la den på gulvet. Hauk tok frem mobilen.

– Hva er klokken?

– Klokken er halv fem, svarte stemmen fra mobilen.

– Middag!

Doffen klatret ned på et blunk. Hauk fulgte etter. Han var skrubbsulten. Synne og Kim satt igjen i trehuset. Synne strøk over boken. Hun pirket på mynten, og den glapp ut av merket på forsiden der den hadde sittet mens Kim leste. Hun puttet den i lommen sin. Øynene til Kim hadde gått tilbake til vanlig glitring. De var fortsatt mystiske og dyriske.

– Kan jeg spise middag hos deg?
Synne ble glad. Hun ble også glad da hun tenkte på at hun egentlig ikke hadde løyet for noen om den overnattingen. Kim sov jo litt der til slutt. De klatret ned og gikk mot huset til Synne. De lot boken være igjen i

trehuset. Kim sendte en melding til guttene om å møtes etter middag.

Ok

Jepsi pepsi

På veien hjem fortalte Synne om Mons som hjalp henne med å spise opp lapskausen dagen før. Kim lo og lo. De løp det siste stykket hjem.

I dag var det pannekaker.

– Vi tar maten med opp på rommet.

– Nei, det heter det **ikke**, sa mamma.

– Kan vi få lov til å ta maten med opp på rommet, vær så snill?

– Ok. Kos dere!

De la heldigvis ikke merke til øynene til Kim. Pappa satt med mobilen, og mamma stekte pannekaker med to stekepanner samtidig. Lillebror spiste pannekake og hadde blåbærsyltetøy og snørr i hele fjeset.

Oppe på rommet spiste de pannekaker mens de snakket om det Kim hadde lest i den magiske boken om Wuxing.

– Hva om den mystiske jenten vi har sett i drømmene våre faktisk er den forsvunne prinsessen?

Kim snakket med pannekake i munnen, og litt sukker og blåbær tøt ut av munnviken og ned på buksene hennes. Det ble en blålilla flekk. Hun pirket vekk blåbæret og spiste det. Synne satt på gulvet. Hun tygget ferdig før hun sa noe.

– Det er to ting jeg lurer på. Hvor er spøkelseshuset, og hvor er kronen? Det stod at hun måtte ha kronen. Husker du om det var et kart i boken? Kanskje vi kan se hvor spøkelseshuset ligger?

Kim tygget med munnen lukket nå, mens hun funderte på hva Synne hadde sagt.

– Jeg er ganske sikker på at det var et kart i boken. Det jeg lurer mest på, er hvem som la den mynten her inne, og hvordan jeg kom fra trehuset til sengen?

Synne kjente mynten i lommen. Den var alltid litt varm.

– Hva om mynten er en slags flyttedings? Som kan flytte ting fra ett sted til et annet?

– Eller flytte mennesker?

Kim knep de gylne, glitrende øynene sammen.

– Hva om mynten og boken kan flytte mennesker fra en verden til en annen?

Synne fikk gåsehud.

– Mener du at vi kanskje kan bruke mynten til å reise til Wuxing?

Kim nikket ivrig. Begge tygget videre på pannekakene.

Oppdrag spøkelseshus

På den andre siden av gaten satt både Hauk og Doffen og ventet. De hørte videre på lydboken med hver sin ørepropp. UNIVERSET var veldig interessant. Hauk hadde kommet litt lenger siden sist, men Doffen brydde seg ikke om at han hadde gått glipp av et par kapitler.

– Der kommer de!

Doffen så Kim og Synne komme mot dem. Synne knipset mynten opp i luften og fanget den igjen. Det var et kult triks! De tok øreproppene ut, og Hauk stoppet boken. Han puttet mobilen i lommen.

– Vi vet hvor spøkelseshuset er! Hauk så fornøyd ut.

– Hæ?

Kim så spørrende på guttene. Doffen pekte mot den gamle låven på gården til besteforeldrene sine, som lå like bortenfor boligfeltet. Synne og Kim lo.

– Det er vel ikke **der**! Hvordan vet du det?

Synne var veldig nysgjerrig på hvordan Hauk og Doffen hadde klart å finne dette ut. Hadde de sett kartet i boken? Doffen så seg omkring for å sjekke at ikke noen andre i nærheten hørte hva han sa. Så gikk han nærmere jentene.

– Jeg så det i drømmen. Jenten gikk bortover mot låven. Den så veldig kjent ut, men jeg skjønte det ikke før nå i stad, da Hauk og jeg snakket om det Kim leste før i dag.

Da han sa det, var det som om noen slo på en bryter i hodet til Synne. Hun husket det nå. Hun kunne se for seg jenten i den hvite kjolen som gikk bortover stien mot låven. Det falleferdige gamle vraket av et hus. Perfekt for spøkelser, tenkte hun. I det samme ble hun veldig redd. Hun tok seg til nakken. Synne husket godt følelsen av den kalde fingeren som strøk henne over der. Hm. Kanskje spøkelset sjekket henne for øyne i nakken, slik Bølla påstod at Karen på biblioteket hadde. Hun grøsset. Nå la hun merke til at Hauk hadde den magiske boken under armen.

De gikk bortover mot låven. Kim gikk først, som vanlig. Etter henne gikk Synne og knipset mynten i været om igjen og om igjen. Doffen hoppet mer enn han gikk. Hauk gikk stille bakerst. Boken så tung ut. De hørte en sykkelbjelle plinge bak seg.

– Å, nei!

Kim stoppet opp. Det var Bølla. Med ny sykkel. Uten hjelm. Hauk gjemte boken fort under jakken sin. Hvis Bølla fikk tak i den, var de ille ute. De var egentlig ganske ille ute, uansett. Bølla var skolens skrekk, og DSHK var ikke den mest populære gjengen på skolen, så de var fritt vilt.
Kim så at Doffen knyttet nevene. Hun gikk bort og stilte seg ved siden av ham.

– Hva skal dere små tapere gjøre i den gamle låven?

Bølla spyttet. Klysen traff rett ved siden av skoen til Doffen. Kim så huden på knokene til Doffen bli strammere. Nå kunne det smelle når som helst. Doffen hadde av og til litt problemer med å beherske seg. Han hadde begynt på Taekwondo, og der fikk han lære selvkontroll og å være med på å bygge en fredeligere verden og sånt. Men når Doffen så Bølla plage folk, fikk han lyst til å levere inn beltet sitt og bare denge løs på ham.

– Ingenting som **du** har noe med.
Kim var sint i stemmen. Hun var også litt redd for Bølla, men ikke så redd at hun ikke turte å si noe. Kim gikk også på Taekwondo. Hun var en av de flinkeste i klubben. Kim ville aldri slå eller sparke noen først, men hvis Bølla prøvde seg, da skulle hun vise ham litt av det hun hadde lært de siste årene.

Synne gikk bort til Hauk og stod foran

ham så ikke Bølla skulle se boken. Hun la merke til at Hauk hadde mobilen fremme. Filmet han? Kanskje han tok opp alt de sa for å bruke det som bevis hvis Bølla gjorde noe slemt. Hun sa ikke noe. Bølla satt på sykkelen sin, og nå spyttet han igjen. Denne gangen traff han tuppen på skoen til Doffen.

– Hei! Det **der** gjør du ikke!

Doffen tok et steg frem. Bølla bare flirte. Kim holdt Doffen i armen.

– Ikke gidd, Doffen. Han er ikke verdt det.

– Du har helt rett, svarte Doffen.

– Han er ikke verdt en **dritt**!

Det siste ropte han, og nå slengte Bølla sykkelen fra seg og gikk helt inntil Doffen. Bølla løftet hånden opp for å få inn et slag, men i det samme fikk han seg selv en på trynet så det smalt. Han gikk rett i bakken.

– Kim!

Doffen så sjokkert ut. Han bøyde seg ned

for å se om Bølla fortsatt pustet. Det gjorde han, heldigvis. Kim trippet nervøst.

– Det var ikke meningen, jeg bare … Han så ut som han skulle slå deg, og jeg bare …

Doffen klødde seg i bakhodet. Hauk og Synne kom nærmere for å se på Bølla som lå i gresset med sykkelen ved siden av seg.

– Dette kommer vi til å få svi for!

Hauk var nervøs. Kim trippet fortsatt rundt. Hun angret fryktelig, men gjort var gjort. Nå lå han der.

– Han svimte av, forklarte Synne.

– Ja, jeg skjønte det.

Hauk snudde og gikk målbevisst videre mot låven. Bølla fikk bare ligge der. Han hadde plaget Hauk i årevis, og han syntes han fortjente en god smekk på kjeften. Synne småløp etter mens hun så seg tilba- ke. Kim og Doffen stod fortsatt ved Bølla.

– Skal vi bare la ham ligge her?

Kim rygget bakover. Bølla stønnet svakt

og det rykket litt i øyelokkene hans.

– Nå ser det ut som han våkner!

– Løp!

Begge to gjemte seg bak låveveggen og så Bølla reise seg opp. Han syklet sjanglende hjemover. Kim hadde vondt i magen.

– Jeg vet ikke hva som skjedde. Jeg ble så sint!

– Han fortjente det. Takk for innsatsen, sier jeg.

Doffen lo en litt nervøs latter.

– Hvor ble de to andre av?

De så etter Synne og Hauk. Ingen av dem var i nærheten. Kanskje hadde de gått inn i låven allerede? Nå begynte det å bli mørkt. Doffen angret på at han ikke hadde tatt med lommelykt. Kim tok frem telefonen. Doffen tok frem sin, også. De aktiverte lommelyktene på mobilene, og strålene søkte bortover veggene og inn gjennom den halvråtne låvedøren.

– Hallo?

Stemmen til Kim var så liten og tynn i den mørke låven. Doffen lyste bak seg og skvatt skikkelig da han så øynene til Kim, som nå lyste slik som katteøyne gjør om natten.

– Wow. Øynene dine. Kult.

Han tok et bilde og viste henne.

– Wow. Kult. Litt skummelt.

Kim hadde noen ganger drømt at hun var en katt. Hun tok seg til ansiktet for å bare kjenne etter om hun begynte å få værhår også, men nei da. Ingenting.

Oppe på loftet gikk Synne sakte og forsiktig fremover. Gulvet knirket, det bestod for det meste av halvråtne planker. Hun var litt redd for å falle gjennom dem. Et stort speil stod helt innerst i det ene hjørnet av det store rommet. Det hadde en snirklete gullramme og var så vakkert. Hun **måtte** se litt nærmere på det. Synne var helt oppslukt av speilet og merket ikke at Hauk manglet ved siden av henne. Bare **litt** lenger bort nå ... En råtten planke gav brått etter med et mykt knekk. Heldigvis klarte hun å finne fotfeste på planken rett ved siden av. Pulsen økte. Det var nære på!

Nå var hun fremme ved speilet. Til sin forskrekkelse så hun at en gutt satt på den andre siden av speilet. Han vinket til henne. Var det et vindu? Det måtte være et vindu og ikke et speil. Hva holdt han i hånden? En gullmynt? Hun grep etter mynten i lommen sin. Hun ville rope noe til Hauk, men klarte ikke å si noe. Hånden med mynten beveget seg helt av seg selv mot speilet. Gutten strakte sin mynt frem også. Han smilte. Tennene hans var sylspisse. Hun la merke til at øynene hans var helt svarte. Så kjente hun en kald hånd gripe rundt hånden hennes med mynten, og hun hørte et skarpt smell idet hun ble dratt gjennom speilet. Hun skrek. Speilet smuldret opp og la seg som en haug med glitrende støv på de slitte gulvplankene.

Nede i første etasje hørte de et skrik og et høyt smell fra loftet. Noe glitrende drysset ned fra taket. De lyste oppover mot taket med mobil-lommelyktene.

– Synne? Hauk? Går det bra?

Doffen begynte å bli skikkelig redd. Hva foregikk der oppe? Og hva var de ekle greiene som kom ned mellom de råtne plankene i taket? Det var vel ikke aske?

Kim slukket lyset på mobilen. Hun signaliserte at Doffen skulle gjøre det samme. Han gjorde som hun sa, selv om hele kroppen hans ropte at den **ikke** ville være i mørket. Kim gikk videre innover. For henne var det som å være i dagslys. Hun kunne se alt. Lyset fra mobilene hadde bare blendet henne. Doffen fikk litt av det grå støvet som

drysset fra taket i ansiktet mens han fom-
let seg frem i mørket. Det smakte skikkelig
ekkelt.

– Det er ikke aske, sa han.

– Jeg har ikke peiling på hva det er.
Men hvor var de andre?

– Synne! Hauk!

Han ropte så høyt han klarte. Doffen
kjente en finger som prikket ham på skul-
deren. Han hoppet en halv meter opp i
lufta. Hjertet hans spratt nesten ut av krop-
pen. Det var heldigvis bare Hauk.

– Det der gjør du **aldri** igjen. Fytti, du
skremte nesten livet av meg!

Hauk så bekymret ut. Synne var ikke ved
siden av ham som de forventet.

– Har dere sett Synne?

– Hæ? Er hun ikke sammen med deg?

Kim så skremt ut. Doffen fortalte Hauk at
øynene til Kim lyste i mørket.

– Kult!

Hauk gikk helt inntil Kim, og han kunne skimte to små lysglimt.

– Vi må gå opp på loftet og lete etter Synne.

Kim var litt skjelven i stemmen. Doffen hadde ikke lyst, men han kunne ikke si nei. Hauk var helt sikker på at skriket de hadde hørt var Synne. Alle gikk sammen opp den knirkete og skjeve trappen til loftet.

– Synne?

Ingen svarte. Hauk holdt Doffen i armen. Det var ikke lett å vite hvor man kunne gå trygt på dette gulvet.

– Der borte.

Kim pekte bort i hjørnet der den glitrende støvhaugen lå. Det fantes ingen spor der etter Synne. Doffen tok opp litt av støvet fra speilet. Han holdt det foran nesen til Hauk, som snuste på det.

– Det lukter bare ekkelt. Jeg vet ikke hva det er.

99

Hauk begynte å bli alvorlig bekymret for Synne. Doffen kastet irritert støvet ned på gulvet. Det virvlet opp igjen som en liten glitrende, grå sky.

– Vent!

Kim bøyde seg ned og rotet rundt i støvhaugen. Øynene hennes glitret voldsomt mens hun viste dem det hun hadde funnet. En av hårklemmene til Synne. Det var den fine med sløyfe på. Nå hadde den blitt både støvete og skitten.

– Har hun brukt den magiske mynten til å dra et annet sted? Uten oss?

Kim virket både bekymret og fornærmet. Hun slapp en neve med støvet ned på det slitte gulvet og børstet håndflatene mot hverandre. Øynene hennes begynte å gløde. Støvet virvlet seg opp mellom dem i en stor, glitrende og lysende sky. Plutselig kjente de gulvet svikte under dem, og alle tre falt nedover. Det føltes som om de falt i mange dager. Alle tre skjønte ganske raskt at de ikke kom til å falle bare ned til første etasje i låven. De var på vei til et helt annet sted.

Et helt annet sted

Det kom et sterkt lysglimt før de landet mykt, midt i en vogn med høy. Hauk glapp taket i boken mens de falt, og den landet midt på magen til Doffen.

– Au!

Doffen hylte av smerte, boken var ganske tung, og han fikk kjempevondt i magen. Kim tok hånden sin foran munnen hans så han ikke kunne lage noe annet enn noen innestengte lyder.

– Hysj! Vi vet ikke hvor vi er, og det er ikke så lurt om noen oppdager oss, så vær stille!

Doffen skar noen fæle grimaser av smerte, men nikket, og Kim tok hånden sin tilbake og tørket den på buksen.

– Hva ser dere? Hvor er vi?

Hauk hvisket så høyt han klarte, klapringen av hestehover mot bakken overdøvde det meste. Både Kim og Doffen krøp nærmere for å be ham gjenta det han hadde

prøvd å si. Bortsett fra en og annen gate-
lykt var det helt bekmørkt, så de hadde ikke
så mye å fortelle.

– Vi ser ikke så mye, vi heller!

Kim prøvde å gni seg i øynene for å se
litt bedre etter å ha blitt blendet av lysglim-
tet. Hun skimtet noen falleferdige hus langs
veien. En mørk skikkelse satt i førersetet på
vognen. Han var foroverlent og så ut som
han sov. Foran vognen galopperte to store
svarte hester fremover på den støvete vei-
en. Det var ingen biler å se, så hun konklu-
derte med at de hadde reist i tid til det de
voksne pleide å kalle «gamle dager».

– Dette er helt vilt!

Hauk glemte å hviske, han var så ivrig.

– Har vi faktisk reist i tid til gamle dager?
Hvor er vi? Hvilken by, og i hvilket land?

De speidet forgjeves etter veiskilt som
kunne forklare hvor de var, men det var
ingenting å se.

– Tror dere vi har havnet i Wuxing?

Hauk besvarte sitt eget spørsmål.

– Ja, selvfølgelig har vi det. Det må være her et sted Synne er, også. Men hvor skal vi lete etter henne?

Alle tre satt stille og tenkte seg om. De svingte brått av fra hovedveien, og etter en stund stoppet vognen lenge nok til at de rakk å hoppe av.

– Vi er midt ute i ødemarken!

Doffen så redd ut. Det var helt mørkt. Alt de kunne skimte etter at hestene og høy-vognen forsvant ut av syne, var en mørk skog og en liten fjelltopp. De gikk bortover mot den vesle knausen. Hauk holdt Doffen i armen. Her var ingen av dem kjent, og stien var litt ujevn.

– Det ser ut som det er en liten åpning i fjellet, kanskje vi kan søke ly der til det blir morgen?

Kim pekte bortover mot en mørk åpning

som hun så der borte ved foten av fjellet.

– Men hva om det bor en bjørn inni der? Eller en drage.

Doffen hvisket det siste. Hauk bare lo.

– Skjerp deg, Doffen. Det fantes faktisk ikke drager i gamle dager, heller.

– Så, ingen drager, men magiske bøker og tidsreisestøv er liksom helt greit? Du får bare gå inn først du, Hauk!

Både Kim og Doffen lo litt nervøst.

– Greit! Jeg kan godt gå inn først.

Kim rakte ham en lang pinne som hun hadde funnet i skogkanten mens de gikk bort til hulen.

– Ta denne.

Hauk tok imot pinnen og førte den frem og tilbake langs bakken for å lettere finne frem inne i hulen. Kim og Doffen fulgte forsiktig etter. Det var bekmørkt, og Doffen så ingenting, men øynene til Kim begynte å lyse igjen. Hun så at hulen var tom så langt som hun kunne se, og det var ganske langt innover. Hauk gikk videre inn i den mørke hulen.

– Det er helt tomt her! Ingen drager eller bjørner. Uæh! Hva var **det**?

De kunne høre Hauk slå rundt seg med pinnen. Den lagde noen svosjelyder, som om han fektet med den. Så kom han løpende ut igjen i full fart mens han ropte så høyt han kunne:

– Flaggermuuuuuuuuuuuuuuus!

En enorm sverm med tusenvis av små og store flaggermus kom flagrende mot dem. Doffen og Kim snudde og løp ut av hulen igjen, de også. Det var blafrende flaggermusvinger overalt. De kjente små tær gripe dem i håret og myke vinger som strøk forbi dem. De hylte og viftet med armene til alle hadde kommet seg ut av hulen.

– Går det bra med deg, Hauk?

Kim bøyde seg ned til Hauk. Han hadde

snublet og lå der urørlig på bakken utenfor hulen. Han prøvde å få stemmen tilbake etter det store flaggermusbrølet sitt.

– Nakken min. Det svir.

Nå så Kim at litt blod piplet ut av nakken til Hauk. Den stripete genseren hans hadde blodflekker på ryggen.

– Ble du bitt av en?

Doffen tok litt mose fra et av trærne i nærheten og prøvde å tørke vekk blodet. Det fungerte bra.

– Det svir skikkelig.

Hauk vred seg av smerte.

– Flaggermus skal jo ikke bite folk. De liker best frukt og insekter. Tenk om det var en vampyr-flaggermus? Jeg som ikke liker blodpudding, engang. Tenk om jeg faktisk må begynne å drikke blod. Æsj!

Kim hjalp Hauk opp fra bakken og gav ham en beroligende klem.

– Slapp av, Hauk! Det er sikkert ikke

blodsugende flaggermus, den ble bare redd og prøvde å forsvare seg. Kanskje du angrep den først med stokken din?

Hauk pustet roligere og innså at Kim mest sannsynlig hadde helt rett. Det begynte å bli litt bedre nå. Han tok mosen fra Doffen og holdt den på nakken sin mens han gikk inn igjen i hulen.

– Hvor skal du?

Doffen holdt ham igjen.

– Vi kan ikke sove der inne, tenk om alle flaggermusene kommer tilbake.

– Godt poeng.

Hauk snudde, og de gikk den andre veien, innover i den mørke skogen.

Spøkelsesprinsessen

De fulgte en smal sti mellom de høye og krokete trærne. Alle tre hadde en merkelig følelse av å ha gått stien før. Over tretoppene skinte en ekstra stor måne og utallige vakre stjerner. Kim med de glitrende katteøynene gikk som alltid først. Hauk begynte å føle seg litt svimmel, men sa ingenting til de andre. Han gikk bakerst, etter Doffen, og skumpet rett inn i ham da han bråstoppet.

– Hæ? Se der borte. Det er jo låven!

– Mener du låven der Synne forsvant?

Hauk var litt forvirret. Kim så klart og tydelig at det var en helt nøyaktig kopi av låven. Ikke slik den var nå, men antagelig sånn den hadde sett ut da den var ny, for over hundre år siden.

– Ikke rart at stien virket kjent!

Kim tok frem mobilen og knipset et bilde. Hun hadde ingen dekning, så nå var den bare kamera, klokke og lommelykt.

– Hvordan kan det være den samme låven som vi var i hjemme? Merkelig.

Hauk trodde ikke helt på dem. Så kjente han lukten av gammel møkk.

– Ok, det er vel den samme låven. Kanskje vi finner Synne der inne? Doffen, du har boken?

– Ja, jeg mistet den nesten da vi beinfløy ut av flaggermushulen, men den er her under genseren min.

Han tok boken frem. Nå lyste den, selv om den var lukket og mynten ikke var plassert i den. Han gav den til Kim.

– Se om det står noe i den om låven, Kim.

Hun åpnet boken, og det første hun så var en tegning av låven, men det var mer som en liten tegnefilm. Bildet skiftet mens hun så på det. Det ble til en tegning av et hus. På den ene veggen av huset var en dør, og det glødet rundt dørkarmen. Hun så opp fra boken med de lysende øynene sine. Guttene ventet spent.

– Ja?

Hauk trippet av forventning.

– Ser du noe nyttig informasjon?

Kim nikket. Hun gikk bortover til låven og kikket ned i boken for å peile seg inn på riktig sted. Hun la den ene hånden sin på låveveggen, og en liten dør kom til syne. Dørkarmene lyste nesten hvitt. Doffen gispet.

– Wow! Hvordan gjorde du det?

– Gjorde hva?

Hauk kom nærmere, og myste mot låveveggen.

– Hva er det som lyser?

– Det er en dør.

Kim pekte ned i boken, men ingen av de to guttene kunne se tegningen.

– I boken er det en tegning av et hus, og dette er døren til huset. Låven er altså et hus. Den **var** et hus. Den er **både** en låve og et hus. Skal vi gå inn?

Kim prøvde å dytte lett på døren. Den gled opp uten en lyd. Hun kikket forsiktig inn.

– Hva i ...

– Hva ser du?

Hauk prøvde å komme forbi henne der hun stod i døråpningen, men hun holdt ham tilbake.

– Vent litt. Jeg ser et stort rom. Det er kanskje en stue? Det er gamle møbler her. Sofa, spisebord, lamper uten ledning. Stearinlys uten batterier. De har ikke tv. Det er fire dører i rommet. Hvilken av dem skal vi velge?

– Står det noe på dørene?

Hauk prøvde fortsatt å komme forbi, og Kim slapp ham omsider inn i rommet. Han følte seg frem med stokken til han kom til den nærmeste døren.

– Vi prøver denne.

Han åpnet døren. Den ledet ut til en smal

gang med en trapp i enden. På veggen hang lamper med tente stearinlys i.

– Vent litt, dette er jo trappen til loftet? Den ser veldig kjent ut.

Kim gikk fremover mot trappen. Doffen listet seg forsiktig etter henne. Han nikket.

– Jepp, definitivt trappen til loftet i låven. Kanskje Synne er der oppe?

– Hysj! Jeg hører noe.

Hauk hørte en lav stemme. De andre så ikke ut til å merke noe. Han gikk bort til trappen ved siden av Kim og Doffen, før han steg prøvende opp et par trinn. De var helt lydløse. Ingen knirking her.

– **Jeg sier det bare** en **gang til. Hvor er boken?**

Hauk hørte ikke noe svar, men han hørte en ekkel lyd som minnet om en kniv som ble slipt.

– Det er noen der oppe. De vil ha boken. Tenk om de skader Synne. Vi **må** komme oss opp dit og redde henne.

Hauk hvisket så de som snakket der oppe ikke skulle høre ham. Kim holdt hardere på boken. Hun hadde ingen planer om å levere den fra seg.

Raske steg kunne høres ovenfra, nå virket det som om noen kom mot trappen. Hauk kom seg fort ned igjen. De så etter et sted hvor de kunne gjemme seg, men de var fanget i en lang og smal gang.

Kim så ned i boken og fant en liten dør like ved trappen. Hun tok på veggen, og de smatt inn rett før en skikkelse kom trampende ned. Gjennom dørsprekken så de en knoklete hånd som holdt en stor kniv. Knivbladet blinket nyslipt i det blafrende lyset fra lampene på veggen. De grøsset mens trinnene gikk videre bortover gangen og forsvant.

– Hva var **det**? Et spøkelse?

Doffen så vettskremt ut. Kim svarte ikke,

hun så på noe innerst i rommet. Det så ut som det beveget seg. Hun hysjet på Doffen og vinket at de skulle følge etter henne

Dette så ut som et soverom. En pent oppredd og vakkert dekorert himmelseng stod i midten av rommet. En liten kommode i gull med et stort matchende speil stod inntil den ene veggen. De gamle, malte portrettene på veggene var litt skumle, det føltes som om de fulgte dem med øynene rundt i rommet.

– Hva så dere? Hvilket spøkelse?

Hauk var irritert fordi ingen av dem hadde fortalt ham hva som var så skummelt med skikkelsen som trampet forbi utenfor. Nå maste han ikke lenger, for han så noe helt annet. Jenten fra drømmen, hun i den hvite kjolen, stod rett foran ham. Hele kroppen hennes lyste blåhvitt, som en stjerne. Han kunne se ansiktet hennes nå. Hun så veldig trist ut. Det var noe rart med henne.

Hun var nesten gjennomsiktig. Var det derfor bare han kunne se henne? Hun pekte på noe som lå på gullkommoden. En krone! Den vakreste kronen han hadde sett, med diamanter og gull. Den skinte og glitret. Jenten prøvde å ta på kronen, men hendene hennes klarte ikke å gripe den. Hauk snudde seg for å si noe til de andre, men de stod ikke ved siden av ham lenger.

– Kim! Doffen! Ser dere henne?

Hauk viftet med hendene. Jenten rygget bakover.

– Nei, ikke gå! Jeg bare roper på vennene mine.

Hauk ble redd for at han skulle skremme henne bort. Hun så litt nervøs ut. Han gikk bort til kommoden der hvor kronen lå og prøvde å ta den for å gi den til henne. Hun ristet på hodet og ble borte. Kronen forsvant også. Nå kunne han ikke se noen ting.

– Svarte heller! Kim! Doffen! Kom hit!

Nå hadde han ødelagt alt. Han satte seg ned på gulvet med hendene foran ansiktet. Kim og Doffen kom bort til ham og lurte på om alt var bra.

– Nei, dette er **ikke** bra. Jenten fra drømmen var her, og jeg klarte å skremme henne bort. Hun har en krone, og det er helt sikkert en prinsesse, men hun så mest ut som et spøkelse. Hun var veldig trist og litt redd.

– Hallo, ro deg ned! Det du sier gir ingen mening. Spøkelser er liksom skumle, ikke redde?

Kim klappet ham trøstende på ryggen. Hun kjente to små kuler under genseren hans, men tenkte ikke over det i farten. Hauk klødde seg litt på ryggen mens han fortalte om det han hadde sett.

– Hun er nittini prosent sikkert den prinsessen fra boken. Et slags spøkelse som ikke kan ta på seg kronen sin? Ok. Men kan vi finne Synne nå? Da mener jeg å finne henne **før** den skumle knokkelhåndfyren med kniven kommer tilbake, og heller finne Spøkelsesprinsessen etterpå?

Doffen skisserte noe som hørtes ut som en fornuftig plan. Hauk var fornøyd med å endelig få vite hvorfor de ble så skremt av skikkelsen som strøk forbi dem i gangen.

Trollmannen og flaggermusen

De listet seg musestille opp den knirkefrie trappen til loftet. Kim så Synne så snart de kom opp dit. Hun lå i et stort bur med en hengelås på. Hendene og føttene var bundet, og hun hadde et tørkle foran munnen.

Doffen kjente at han ble skikkelig rasende. Den ekle, slemme knokkelfyren. Han skulle få kraftig igjen for dette.

Hauk vendte hodet oppover og snufset litt. Han klødde skikkelig intenst på ryggen nå. De to irriterende kulene virket litt større, og de gnisset mot genseren.

– Det lukter blod her. Jeg håper virkelig at Synne ikke er skadet.

Kim gikk bort til buret og røsket i låsen. Den lot seg ikke rikke.

– Synne! Går det bra med deg? Vi har savnet deg!

Synne prøvde å sette seg opp, men det var vanskelig med tau rundt både hendene og føttene. Hun nikket og prøvde å si noe, men tørkleet foran munnen hennes gjorde det til uforståelig mumling.

– Vi skal få deg løs, ok? Bare slapp av.

Doffen prøvde å sparke av låsen. Det gjorde bare at han fikk skikkelig vondt i tåa.

– Au! Svarte heller! Vi må skynde oss, den skumle knokkelfyren kan komme tilbake når som helst.

– Doffen, kan du klø meg på ryggen?

– Hauk, vi er midt i en redningsaksjon her, kan du bare vente litt ... Hva i huleste er **det der**?

Da Hauk snudde ryggen til, så de at de små kulene hadde vokst. Nå så det ut som han hadde to tennisballer på ryggen. Doffen gikk bort og løftet litt på genseren for å se. To gråsvarte klumper stod ut fra ryggen til Hauk. Det så veldig merkelig ut.

– Hva ser du?

Hauk prøvde å kjenne etter, men de satt akkurat sånn at han ikke klarte å ta på dem.

– Jeg aner ikke hva det er, men det er **ikke** noe bra, såpass kan jeg si.

Doffen prøvde å beskrive kulene til Hauk, men det var ikke lett, siden han ikke visste helt hva de var.

Samtidig jobbet Kim iherdig med å prøve å dirke opp hengelåsen på buret. Så hørte de fottrinn i trappen. Det lille lyset som var der oppe, forsvant nesten helt da den store, mørke skikkelsen kom inn i rommet. Stemmen hans hørtes ut som negler på tavle blandet med isoporskraping og smatting. Det var den ekleste lyden de hadde hørt i hele sitt liv.

– **Hva gjør dere her?**

Kim mistet hårnålen i gulvet, Hauk stivnet til, og Doffen rygget bakover mot buret der Synne krøp sammen i et hjørne.

Knokkelfyren kom raskt nærmere. Før de fikk sagt eller gjort noe, grep den ene ekle knokkelhånden rundt halsen til Kim. Den andre skumle hånden ble klemt hardt rundt halsen til Doffen. De sprellet over gulvet og strevde med å få puste. Med store, skremte øyne så de en nøkkel i et kjede rundt den skrukkete halsen hans sveve mot hengelåsen og låse den opp. Han slengte dem brutalt inn i buret og låste, før han snudde seg rundt for å gripe tak i Hauk. De hostet og harket og prøvde å få pusten tilbake. Hvor var Hauk? De så ham ikke lenger. Synne prøvde å si noe, og Kim tok vekk stoffbiten fra munnen hennes.

– Oppe på takbjelken.

Synne hadde nesten ikke stemme. De så opp mot det høyeste punktet på loftet. Der oppe blinket det i to små glass. En liten flaggermus med briller hang opp ned fra bjelken. Det så ut som den smilte.

– Åh, det var **det** de kulene var ... flaggermusvinger?

Kim holdt seg for munnen for ikke å le.

Midt i alt det skumle måtte de knise litt alle tre. Var Hauk virkelig blitt forvandlet til en **flaggermus**?

Synne fortalte dem hviskende at den nifse skikkelsen var en ond trollmann. Han hadde flere former. Dette var den aller skumleste.

Kim merket plutselig at den magiske boken var borte. Den måtte ha falt ned da trollmannen holdt dem over gulvet. Hun kunne se boken ligge like ved buret de satt i. Hånden hennes rakk ikke bort til den. Foten var heller ikke lang nok til å flytte på den. Hun vinket til Flaggermus-Hauk. Han så selvsagt ingenting, men merket de små vibrasjonene i luften og kom stille flagrende ned til dem. Han landet ved boken, og med den lille flaggermusrumpen sin dyttet han den nærmere så Kim fikk tak i den. Hun gjemte den mellom Doffen og seg selv. Flaggermus-Hauk flagret opp igjen til takbjelken sin og hang der uten å si noe.

Den skumle skikkelsen gikk rundt på loftet og lette i hver krik og krok etter Hauk. De så ham ta frem en liten krokete pinne fra den sorte kappen. Da trollmannen fremsa en formel som gjorde hele loftet lyst, så de at veggen på andre siden av rommet var dekket av planter. På et lite bord ved veggen stod en vannkanne med en mørkerød væske. Det så ut som blod.

– Kjøttetende planter.

Synne hvisket det så stille hun kunne. Hun håpet at Hauk ville flagre seg trygt bort fra loftet uten å komme borti plantene. De kunne sluke ham levende. Kim og Doffen grøsset.

Etter en liten stund ble det mørkt igjen, og de hørte raske fottrinn gå ned trappen. De fortet seg med å knyte opp tauene til Synne mens de fortalte om alt som hadde hendt siden sist. Nå måtte de bare komme seg ut herfra.

– Hauk!

Doffen hvisket så høyt han kunne, og lille Flaggermus-Hauk kom flagrende ned til dem og snek seg inn mellom sprinklene i buret.

– Na-na-na-na-na-na-na-na-Bat-Hauk!

Den vesle flaggermusen med brillene gliste bredt så hoggtennene viste. De andre lo litt forsiktig.

– Du må finne trollmannen og stjele nøkkelen til dette buret.

Kim prøvde å overtale Hauk til å fly etter trollmannen, men det var han ikke spesielt interessert i.

– Det må finnes en annen måte å komme ut på. Jeg flyr **ikke** etter den gale trollmannen der. Han stinker!

Stemmen hans var skikkelig pipete og rar. Doffen prøvde å ikke le.

– Hvordan skal vi da komme oss ut?

Kim grublet litt før hun tok flaggermusen i hånden og kikket på de fine tennene hans.

– Hva om vi lar ham bite oss, slik at vi også blir flaggermus, og så kan vi bare fly ut herfra alle sammen?

Flaggermus-Hauk gjorde en grimase og stakk ut den vesle rosa flaggermustungen sin.

– Æsj! Det kommer ikke på tale. Men kanskje Spøkelsesprinsessen kan hjelpe oss? Jeg flyr ned og ser etter henne. Ja, dere skjønner hva jeg mener.

Han prøvde å rette på brillene, men det var ikke lett med vinger, så de hang litt på snei mens han fløy ut av buret i retning trappen.

Kronen

Hauk satte seg på toppen av den fine gull-kommoden og beundret den vakre kronen til Spøkelsesprinsessen. Den var det fineste han hadde sett. Prinsessen stod borte ved sengen og kikket på ham.

– Hei.

Flaggermus-Hauk var usikker på hva man burde si i en sånn situasjon. Han måtte forklare både hvordan han var blitt til en liten flaggermus, og at han trengte hjelp til å stjele nøkkelen.

– Wushi sover aldri. Han er en demon og er laget av ren ondskap.

Stemmen hennes var så svak. Den var nesten usynlig, den også. Hun visste tydeligvis hva Hauk hadde tenkt. Trollmannen sov ikke. Hvordan skulle de da klare å få tak i nøkkelen? Spøkelsesprinsessen kjente ham altså igjen selv om han var blitt til en liten flaggermus? Dette ble kanskje enklere enn han forventet. Kanskje det var brillene?

Hauk hoppet over alle forklaringene.

– Hvordan kan vi få vennene mine ut av buret? Har du en nøkkel? En stor knipetang? Kan du dirke opp låser?

Hauk hadde glemt at Spøkelsesprinsessen ikke kunne holde ting. Dette ble visst ikke så enkelt likevel. Flaggermusen fikk en liten tenkerynke i pannen, og de skakke brillene falt på plass igjen.

– Hvor kan jeg få tak i noe verktøy?

– Det er kanskje en hårnål i skuffen der.

Hun pekte mot kommoden. Men det var ikke lett å åpne en kommodeskuff med vinger og flaggermusføtter. Spøkelsesprinsessen pekte på kronen.

– Hjelp meg med å få den på hodet, så kan jeg hjelpe deg etterpå.

Flaggermusen satte seg på kanten av den flotte kronen, og grep tak med de bittesmå føttene sine. Den var litt skarp, og det gjorde vondt. Han bet de spisse tennene sine sammen, og slepte den tunge kronen opp over Spøkelsesprinsessen, mens han flakset intenst med flaggermusvingene sine. Han slapp kronen ned på det nesten usynlige hodet hennes, og rommet ble fylt av lys og blendet ham. Nå kunne han ikke se henne lenger. Han luktet henne og kunne skimte omrisset av en mer menneskelig skikkelse. Så kjente han en varm hånd gripe varsomt rundt den vesle flaggermuskroppen.

– Du gode, vesle flaggermusgutt! Du har reddet meg! Jeg heter forresten Paris. Hvem er du?

Hun plantet et forsiktig kyss på det lille hodet hans. Hauk kjente at han rødmet. Kunne flaggermus rødme? Vel, han var kanskje en litt spesiell utgave.

– Hyggelig å møte deg, Paris. Jeg er Hauk. Bat-Hauk. Flaggermusgutten.

– Nå må vi hjelpe vennene dine.

Hun åpnet den øverste kommodeskuffen

og rotet rundt til hun fant en hårnål. Paris satte Flaggermus-Hauk på skulderen sin og smøg seg ut i gangen. De listet seg opp til loftet og gikk stille bort til buret. Alle tre i buret reiste seg opp samtidig.

– Spøkelsesprinsessen!

Kim gliste fornøyd. Hun stakk ut en hånd og hilste.

– Paris heter jeg.

Prinsessen hilste på Synne og Doffen også gjennom sprinklene. Så begynte hun arbeidet med å dirke opp hengelåsen.

– Godt jobbet, Hauk!

Doffen prøvde å high-five flaggermusvingen; det fungerte ikke så bra, men Hauk ble glad for at han forsøkte. Det gjorde at han følte seg litt mer som seg selv.

Det tok ikke lang tid før alle sammen var ute av buret, og hele gjengen snek seg forsiktig ned trappene og inn på rommet til Paris. Hjertene hamret av frykt for at trollmannen skulle komme tilbake og oppdage dem. Det gjorde han heldigvis ikke.

Paris fortalte dem at foreldrene hennes var fanget i landet mellom de levende og døde, slik hun selv hadde vært. For å kunne redde dem måtte en modig person komme seg gjennom en labyrint full av prøvelser som ingen hittil hadde klart å overleve. Ved enden av labyrinten hadde den onde trollmannen gjemt den magiske klokken til den gode feen Nerak. Klokken kunne fikse alt.

– Hvor er denne labyrinten?

Kim så ut som hun var klar for en utfordring. Doffen var **ikke** klar. Han ville bare hjem. Synne var fortsatt ikke helt sikker på om hun faktisk var reddet eller om hun bare drømte. Hun stod helt stille og hørte på de andre snakke.

– Vi må gjennom den tredje døren.

Paris pekte mot gangen. Kim fant frem boken for å se om den kunne gi dem noe nyttig informasjon. Hun bladde seg frem til en side med en tegning av en stor labyrint og leste høyt for de andre:

– Den som tar utfordringen, må være dyktig til å hoppe, flink til å bygge og ha styrke til å bekjempe sine fiender.

– Haha, det høres ut som Fortnite.

Doffen lo. Så ble han helt stille. Alle så på ham. Flaggermus-Hauk kremtet med den tynne stemmen sin.

– **Du** må gjøre det, Doffen. Du er best i klassen.

– Jammen, det er jo bare et spill. Jeg kan ikke gjøre alt det der på ekte.

Doffen flettet fingrene nervøst sammen, som om han savnet å holde en spillkontroll mellom hendene.

Spøkelsesprinsessen Paris gikk bort til den fine gullkommoden sin og dro ut den nederste skuffen. Hun fant frem en liten sort eske prydet med en hodeskalle i gull på lokket. Inne i esken lå en gullring på blodrød fløyel.

– Ta med deg denne. Den gir deg tre ekstra liv.

Hun gav ringen til Doffen, som skulte svært mistenksomt på den.

– Magisk ring, liksom? Ok. Hva om den tar livet av meg istedenfor?

Paris bare lo. De gikk ut i gangen. Kim la hånden på veggen, og døren kom til syne. Paris åpnet døren inn til labyrinten. Hun skjøv Doffen mot døråpningen.

– Du kommer til å klare deg fint! Lykke til!

Det siste de så av ham, var et blekt og forskremt ansikt. Han så bakover mot døren som lukket seg etter ham, og så forsvant Doffen innover på den steinete stien mellom de tette hekkene i labyrinten.

Kampen i labyrinten

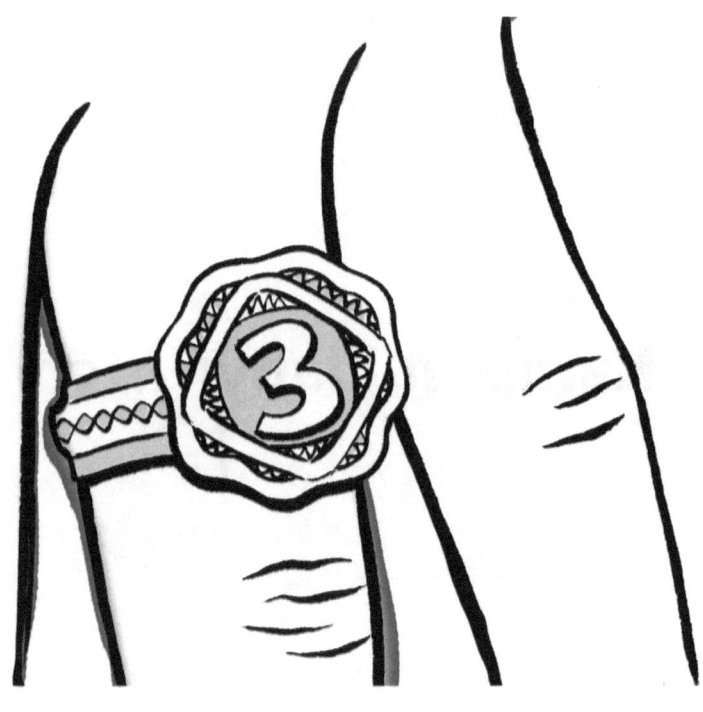

Øynene til Doffen brukte litt tid på å venne seg til det dunkle lyset i labyrinten. Blad-veggene på begge sider av ham var tette og grønne. Hekkene var så høye at han ikke kunne se hvor de endte. Noen av greinene var nakne og føltes som lange, magre hen-der som strakte seg etter ham i tussmørket. Doffen famlet seg sakte fremover, og plut-selig satte han foten sin fast i noe. Han snublet over en liten, glødende trekiste.

Doffen så overrasket på kisten. Han løftet hånden forsiktig over den for å åpne lokket og se hva som var inni kisten. Plutselig åpnet den seg uten at han hadde berørt den. En haug med ting falt ut. En paraply, en underlig pære, en liten bombe, en suge-kopp, en øks og en gammel revolver. Det var også to kuler til revolveren der, en hvit kule og en rød. Da han prøvde å plukke opp revolveren, forsvant den før han fikk sett nærmere på den. Forundret prøvde han

149

å plukke opp øksen, men det samme skjedde med den. Litt irritert prøvde han å plukke opp de andre tingene, men alle tingene forsvant. Sint kastet han den tomme kisten ned på den steinete stien så den gikk i stykker.

Han fortsatte videre innover mens hjertet hans dunket hardt. Han følte seg mest sint akkurat nå, men han var også fryktelig redd for hva som ventet ham inne i labyrinten. Doffen så seg sakte rundt, han hadde en ekkel følelse av at noen stirret på ham. Han begynte å småløpe videre innover så fort han klarte på den ujevne, steinete stien.

Jeg skulle gjerne hatt den revolveren nå, eller øksen! Mens han tenkte det, dukket både revolveren og øksen opp i hendene hans. Han fikk et lurt smil rundt munnen og følte seg med ett klar til å slåss. Doffen så ned på ringen han fikk av Paris; det stod et tretall der. Var det virkelig sant at han fikk tre ekstra liv? Det var egentlig ikke noe han hadde lyst til å teste ut med det første.

Nå var han kommet et godt stykke inn i labyrinten. Doffen tok seg en liten pause, han sluttet å tenke på våpnene og de forsvant igjen. Et lykkelig øyeblikk trodde han at det kanskje ikke var noen farlige vesener å bekjempe der inne likevel. Med en gang han tenkte det, beveget en skygge seg kjapt forbi et hjørne i labyrinten. Først visste han ikke helt hva han skulle gjøre, men så tok instinktene hans over. Doffen snek seg lydløst etter skyggen han hadde sett.

Da han kom rundt neste hjørne, stod det en gutt der. Gutten var blek, nesten selvlysende, og spøkelsesaktig. Han stirret ham inn i øynene. Det var noe rart med øynene til gutten, de var helt svarte. Da han smilte, så han at tennene hans var spisse som haitenner. Doffen grøsset og tenkte på bomben og sugekoppen han hadde sett falle ut av trekisten. Nå kjente han bomben i den ene hånden og sugekoppen i den andre. Doffen festet bomben til sugekoppen og kastet den mot gutten. Det gikk akkurat som planlagt, sugekoppen festet seg til gutten, og med et høyt smell forsvant han i en sky av glitrende, grått støv.

Doffen hadde glemt å holde seg for ørene da bomben gikk av, og nå skar en pipelyd så høyt i dem at han mistet hørselen.

Der den skumle gutten hadde stått, lå det en banan. Han prøvde å plukke den opp, og den forsvant. Doffen lagde en L foran pannen med hånden sin og begynte å danse. Han lo litt av seg selv, men han visste at han måtte komme seg lenger inn i labyrinten. Doffen gikk videre, og nå var han spent på hva den neste utfordringen ville bli. Han var ikke sikker på hva den riktige veien kunne være, men han tok noen ganger høyre, noen ganger venstre og til slutt rett frem.

Hjertet til Doffen dunket hardere jo lenger innover han gikk. Nå føltes det som om det snart banket seg rett ut av brystet hans. Pipingen i ørene etter eksplosjonen gav seg etter hvert.

Et godt stykke lenger inne i den nifse labyrinten kunne Doffen høre en merkelig lyd. Han gikk saktere og saktere jo nærmere han kom. Da han rundet det siste hjørnet, kunne han se en kolossal skapning. Monsteret hadde svære muskler, et skummelt ansikt og villsvinaktige hoggtenner. Grønnaktig slim rant ned fra den halvåpne kjeften. Skapningen virket på underlig vis veldig kjent, men han klarte ikke å finne ut hvem det var. Så oppdaget skapningen ham og ropte:

– Doffen! Jeg skal knuse deg til du blir bløtere enn potetmos!

Det var **Bølla**. Doffen sa ingenting. Han

tenkte på øksen og løp mot Bølla mens han brølte av sinne. Bølla lo av ham med en latter som var så skummel at hårene reiste seg i nakken på Doffen. Han løftet øksen, men nølte et øyeblikk med å slå til Bølla, akkurat som han hadde gjort tidligere da de møttes ved spøkelseslåven hjemme. Sekundet Doffen nølte, brukte den ekle Monster-Bølla til å gripe ham med de gigantiske, hårete hendene sine. Han slengte ham så hardt i veggen at det svartnet for Doffen.

Da Doffen åpnet øynene igjen, var han tilbake der han hadde vært før Bølla moset ham i veggen. Han så ned på ringen sin. Tretallet hadde forandret seg til et totall. Det tok en liten stund før han forstod at Bølla hadde drept ham, og at ekstralivene virket akkurat slik Paris hadde fortalt. Han hadde fått en ny sjanse. Denne gangen skulle han ikke la sinnet bestemme, men heller være smart. Han snek seg sakte innpå monsteret mens han tenkte på revolveren og den hvite kulen. Han ropte:

– Bølla!

Da Monster-Bølla snudde seg, trykket han inn avtrekkeren, og det smalt. Kulen avga et lys så sterkt som solen, og da røykskyen etter skuddet la seg, så han en statue foran seg. Monsteret var nå foreviget i stein, med en både overrasket og sint grimase. Doffen lo fornøyd, tok frem mobilen sin og gikk bort til statuen for å ta en selfie. Han la ikke merke til naglefellen som var i taket like over ham. Med en rusten klinkelyd ble den grusomme fellen utløst, og Doffen rakk ikke å verken tenke eller føle noe før han ble brutalt spiddet av de lange naglene i fellen.

Neste gang han åpnet øynene, stod han heldigvis der han hadde stått like før, etter å ha beseiret Monster-Bølla. Han så på ringen, og nå var det bare ett ekstra liv igjen. Han kjente frykten knyte seg i magen. Samtidig begynte magen til Doffen å rumle av sult, så han tenkte på pæren han fikk fra kisten, og den dukket opp i hånden hans. Han glefset i seg pæren på et blunk. Den smakte litt rart. Doffen beveget seg forsiktig forbi naglefellen, denne gangen uten å tråkke på utløseren like ved statuen, slik han gjorde sist. Han fikk klare seg uten den selfien.

Doffen snek seg rundt neste hjørne, og fikk øye på en diger trampoline som var klemt mellom labyrintveggene. Han løp mot trampolinen og spratt opp på den. Hoppet til Doffen var minst fem meter høyt, det var tydeligvis en magisk pære han hadde spist. Han siktet ned igjen mot midten av trampolinen og hoppet enda høyere opp i luften. Nå var det fryktelig langt ned, og Doffen tenkte på paraplyen fra kisten. Den dukket opp i hånden hans og åpnet seg.

Mens Doffen svevde høyt der oppe, så han at labyrinten var mye større enn han hadde trodd. Det var ingen ende på den som Doffen kunne se, men han så en åpen plass med noen trær i midten. Han siktet seg inn på trærne og fløy ned dit med paraplyen. Da han landet, var det helt stille, men ikke lenge. Et lilla lyn slo ned bare noen få meter fra Doffen, og plutselig var den onde troll-mannen fra loftet der.

– **Hva er det du gjør i min labyrint? Tror du virkelig at du er sterk nok til å utfordre meg? Ha ha, nå kommer du til å få se hva ekte styrke er!**

Den ekle stemmen til trollmannen Wushi og den onde latteren hans gjorde at hele kroppen til Doffen ble stiv av skrekk. Han måtte bruke alle krefter til å samle tankene sine. Doffen tenkte på revolveren og den røde kulen, og da den dukket opp i hånden hans, siktet han på trollmannen og skjøt.

Wushi løftet tryllestaven sin, og kulen snudde i luften, fløy tilbake mot Doffen og traff ham i hånden. Ringen fløy av fingeren hans, og han skrek av smerte mens han falt ned på den steinete bakken. Trollmannen lo høyt og ondskapsfullt.

– **Jeg trodde du kom til å gjøre** litt **motstand, men at du kom til å gi opp** så **lett?**

Han ristet oppgitt på hodet med et triumferende glis.

Doffen kjente tårene renne. Smerten fra den skadeskutte hånden jaget gjennom hele kroppen. Han brukte sine siste krefter til å reise seg opp fra bakken med skjelvende ben. Doffen tørket tårene bort med den blodige hånden. Han vaklet mot ringen med ett-tallet, som lå skinnende på steingulvet noen få steg unna. Den slue trollmannen rettet tryllestaven mot ham og fremsa en trylleformel som var den mørkes-

te han kunne. Nå kom han til å drepe ham!
Doffen kastet seg over ringen og rakk bare
så vidt å ta den på seg før lynet fra trylle-
staven traff ham med full kraft.

Doffen åpnet øynene sine for tredje gang
i labyrinten, og han så at ett-tallet var blitt
erstattet av en null på ringen som Paris gav
ham. Hånden hans var god som ny. Nå ble
det virkelig dødsens alvor. Han trakk pusten
dypt. Det lilla lynet traff bakken, og troll-
mannen stod foran ham igjen. Alt Doffen
kunne tenke på, var hvor sulten han var.
Vær så snill, ikke vær en helt vanlig banan,
tenkte Doffen. Bananen dukket opp, og han
spiste den i tre jafs. Etter at han spiste ba-
nanen, gikk plutselig alt i sakte tempo. Det
var som å se en film i slow motion.

– Wow! Jeg har blitt superrask!

Doffen tenkte på øksen. Han hugget
lynraskt ned noen av trærne og spikket en
haug med grove planker. Trollmannen stod

først helt stille, men så oppdaget han at Doffen hadde fått superfart, og nå tryllet Wushi seg selv raskere.

– **Du må ikke tro at superfart er alt som skal til for å stoppe meg.**

Trollmannen slo etter Doffen med trylle-staven, og han fløy inn i en trestamme. Det føltes som om alle innvollene hans hadde løsnet. Doffen hostet opp litt blod. Smerte-ne var nesten uutholdelige, men det virket som helbredelsesprosessen også var super-rask, og snart var han like fin igjen. Troll-mannen sendte nok en trylleformel mot Doffen. Nå bygget han kjapt en vegg av plankene sine, og trylleformelen traff veg-gen. Et gnistregn dalte sakte ned som et fint lite fyrverkeri.

– **Det går ikke an å blokkere mine trylleformler, hvordan gjorde du det?**

Trollmannen kikket nøyere på veggen og var uoppmerksom et lite øyeblikk. For den

superraske Doffen var det øyeblikket som
en hel evighet. Han snek seg bak trollman-
nen og hogget til ham i skulderen med
øksen. Trollmannen skrek høyt og falt på
kne mens han holdt seg på den ødelagte
skulderen. Blodet hans var svart og seigt,
og det luktet helt grusomt. Lukten var som
en blanding av bæsj, spy og råtne egg.
Doffen brekte seg av vemmelse. Han så
tryllestaven ligge på bakken og gikk forsik-
tig litt nærmere trollmannen.

– Du undervurderte meg, din onde skap-
ning! Dessverre får du ikke sjansen til å lære
av feilene dine!

For første gang tenkte Doffen at han
faktisk kunne **vinne**. Tanken brant inni ham
som en sol og varmet hele kroppen hans.

Øynene til trollmannen Wushi var rød-
glødende av raseri. Han strakte en av de
knoklete hendene sine mot Doffen, men
han nådde ikke frem til ham. Trollmannen

prøvde å si noe, men han kunne bare hvese som en slange. Doffen bet tennene sammen, knyttet nevene og tråkket hardt på tryllestaven så den knakk i to. Den onde trollmannen sank sammen og lå helt stille. Det så ut som om han smeltet. Til slutt var han bare en svart kappe og noen beinrester i en illeluktende svart dam.

Gnistregnet hadde tent på noen av plankene og blitt til et lite bål. Doffen satte seg ned ved siden av bålet. Han var ikke superrask lenger. Han følte seg utmattet, men etter en liten stund ved flammene kjente han ny energi strømme gjennom kroppen.

– Det må være bålet. Helbredende flammer. Kult.

Doffen hvisket det til seg selv. Han satt der og tenkte på alt han hadde gjort. De andre kom vel til å tro at han var helt sprø når han fortalte om det. Doffen lurte på om han noensinne ville finne veien ut av labyrinten.

Gjennom knitringen fra bålet hørte han en tikkelyd som stadig ble høyere. En gammel klokke i en glasskuppel åpenbarte seg med ett foran ham. Det var som om den fortalte ham at tiden var i ferd med å renne ut. Han tok klokken i hendene og reiste seg opp for å se seg om etter veien videre. Noen få steg videre innover i labyrinten fant han en dør i hekken foran seg. Doffen åpnet døren.

Hjem

Det var forferdelig å bare stå der i gangen og vente på Doffen. Etter et tidsrom som føltes som flere år, hørte de en høy tikkelyd inne fra døren til labyrinten. Døren åpnet seg endelig, og Doffen kom snublende ut. I hendene holdt han en gammel klokke i en glasskuppel. Klokken tikket og takket, og den hadde små gullkuler nederst som gikk rundt og rundt.

– Jeg **vant**! Den onde trollmannen Wushi drepte meg nesten, men jeg vant.

Hele gjengen jublet av glede og klemte Doffen mellom seg.

Klokken inne i glasskuppelen tikket bare høyere og høyere. Paris løftet forsiktig glasskuppelen opp og stilte inn viserne på urskiven til tolv presis. Klokken plinget tolv ganger, og en liten skuff åpnet seg nederst, under de snurrende kulene. Alle bøyde seg frem for å se hva som lå i skuffen.

– Hva er det?

Flaggermus-Hauk blafret med vingene over dem og prøvde å finne ut hva de så på. Paris stakk et par fingre ned i den lille skuffen og trakk frem en gullnøkkel. Hun smilte fornøyd.

– Endelig, sa hun.

– Nå går vi og låser opp døren så foreldrene mine kan komme tilbake fra mellomverdenen. Har du funnet døren, Kim?

Kim nikket og strakte ut hånden sin for å legge den på veggen der døren skulle være. Med ett dukket en skikkelse opp mellom Kims hånd og veggen. Hun rygget instinktivt noen steg bakover.

– Lillebror!

Paris ble blek, nesten like blek som ansiktet hennes var da hun var et spøkelse.

Synne kjente igjen gutten fra speilet i den gamle låven. Det var han som hadde grepet hånden hennes og fått henne hit til Wuxing. Doffen kjente ham også igjen, fra labyrinten. Bomben hadde altså ikke tatt knekken på ham likevel.

– Gi meg nøkkelen!

Stemmen hans var skikkelig ekkel og lignet på den onde trollmannens stemme. Øynene hans var helt svarte. Paris gikk rolig noen steg mot ham.

– Det er **meg**, Alex. Paris. Storesøsteren din. Husker du meg ikke?

Den forheksede spøkelsesprinsen blokkerte fremdeles veggen. Kim kunne ikke nå frem for å åpne døren.

– Gi meg nøkkelen og gi meg kronen min tilbake!

Han tok frem en neve med glitrende støv fra lommen.

– Jeg sender dere alle til mellomverdenen om du ikke gjør som jeg sier! Gi meg nøkkelen og kronen!

Synne kjente på mynten som hun hadde i lommen. Den glødet. Hun tok den for-

siktig frem og holdt den bak ryggen sin.
Alle de andre så hva hun gjorde. De gikk
sakte inntil henne mens de la hver sin fin-
ger på mynten. Flaggermusen la en liten tå
på mynten. Paris rygget litt bakover. Hun
strakte den ene hånden sin bak ryggen til
Synne og grep mynten, hun også.

– Fra Wuxing til mellomverdenen! Utslett
demonen!

Paris pekte mot lillebroren sin mens hun
sa det. I det samme steg en svart røyksky ut
av kroppen til gutten. De hørte et grusomt,
rasende skrik mens restene av trollmannen
forlot kroppen hans. Gutten falt sammen,
og Paris gikk bort til ham. Hun bøyde seg
ned og kjente på ansiktet hans.

– Lever han?

Synne var redd for at mynten hadde
transportert bort sjelen til Paris sin lillebror
sammen med siste rest av den onde troll-
mannen.

– Han puster!

Paris klappet ham forsiktig på kinnet, og han åpnet øynene. De var helt vanlige, blå øyne. Prins Alex så ut som om han nettopp hadde våknet fra en drøm.

– Paris! Jeg mente det ikke, han tvang meg til alt!

Alex gråt, og de gav hverandre en lang klem.

– Kom, la oss låse opp døren og redde mor og far.

Paris hjalp lillebroren sin opp fra gulvet. Hun støttet ham mens de gikk mot døren, som Kim nå endelig kunne fremkalle med hånden mot veggen. Gullnøkkelen passet perfekt i låsen, og døren åpnet seg. De så to lysende spøkelser komme mot dem. De svevde over gulvet. Paris og Alex holdt hverandre i hendene og strakte hver sin hånd mot skikkelsene.

– Mor! Far!

Spøkelsene stoppet opp. De begynte sakte å endre form. De strakte hendene ut mot barna sine, og da de berørte dem, ble de forvandlet tilbake til seg selv. Paris og Alex trakk dem ut fra mellomverdenen til gangen og lukket døren raskt etter dem, så ikke noen andre fortapte sjeler skulle følge etter.

Kongen og Dronningen omfavnet barna sine og gråt av glede. Etterpå hilste de på gjengen i DSHK og takket dem hjertelig for hjelpen. Det var litt vanskelig å hilse på Hauk, men de tok ham forsiktig i de små flaggermusføttene. Nå var endelig konge-dømmet Wuxing reddet. Kroningen kunne gjøres om igjen, slik at Paris fikk overta tronen. Lillebroren var ikke lenger besatt av den onde trollmannen. Hele kongefamilien var tilbake hos de levende.

– Men hva med **meg**?

Flaggermus-Hauk pep bekymret.

– Det er kult å være Bat-Hauk, men mamma kommer til å klikke hvis jeg kommer hjem som flaggermus på heltid. Hvordan kan jeg bli meg selv igjen?

Paris smilte. Hun tok frem den magiske klokken og snurret på viserne. Den plinget syv ganger, og et skarpt lysglimt blendet dem alle.

De falt og falt, i en hel evighet. Forvirringen var total da de plutselig landet hulter til bulter på putene i lesekroken på skolebiblioteket. De så bort på Karen for å sjekke om hun hadde hørt noe da de falt ned fra et helt annet sted. Karen satt helt stille ved skrivebordet sitt. Hun leste i den samme boken som hun gjorde sist de var der, og det så ikke ut til at hun hadde merket noe.

Kim tok frem boken om Wuxing som hun hadde gjemt under genseren.

– Hvordan får vi lagt den tilbake på plass uten at hun merker noe?

Synne pekte på klokken på veggen.

– Se! Vi er tilbake til før vi dro. Hva om vi bare legger boken fra oss på bordet der borte og ser hva som skjer? Det var der hun fant den sist.

De andre tre nikket. Det var en lettelse å se at Hauk ikke lenger var en flaggermus. Brillene hans var først bittesmå, men de hoppet snart tilbake til normal størrelse. Han klødde fortsatt litt på ryggen der som vingene hans hadde vokst ut. Doffen hjalp ham med å klø.

Kim snek seg stille bort bak ryggen til Karen og la boken forsiktig fra seg på bordet like bak henne. Hun krøp tilbake til putene i lesekroken, og de ventet spent.

Like etter reiste Karen seg opp. Hun gikk bort til bordet, hentet boken og la den trygt på plass. Etter at det grønne skapet var lukket og låst, la hun fra seg nøkkelen på skrivebordet, akkurat som sist. Hun satte seg ned igjen. Karen tok hendene opp bak hodet sitt og løftet opp håret i en høy hestehale. Nå kunne de se et glitrende øye i nakken hennes. Det blunket til dem.

Har du lyst til å lese flere historier om de fire vennene i DSHK? Send oss en e-post og fortell hva slags mysterium du synes de skal snuble over neste gang, så kanskje **din** idé blir med i en ny bok om Doffen, Synne, Hauk og Kim.

Det kommer en ny bok om DSHK-gjengen i 2019, **Steinportalen**.

Fargelegg gjerne tegningene i boken og tagg #spøkelsesprinsessen #tegnforlag #kreamesik eller send bildene til oss.
Vi vil også gjerne se dine egne tegninger av DSHK-gjengen og Spøkelsesprinsessen.
E-post: kreamesik@tegnforlag.no
Facebook: www.facebook.com/kreamesik
Instagram: @kreamesik
YouTube: Søk på Kreamesik
Pssst! Har du løst mysteriet om hva som skjedde med den gode feen Nerak? Hvis du leser navnet hennes baklengs, finner du kanskje løsningen.

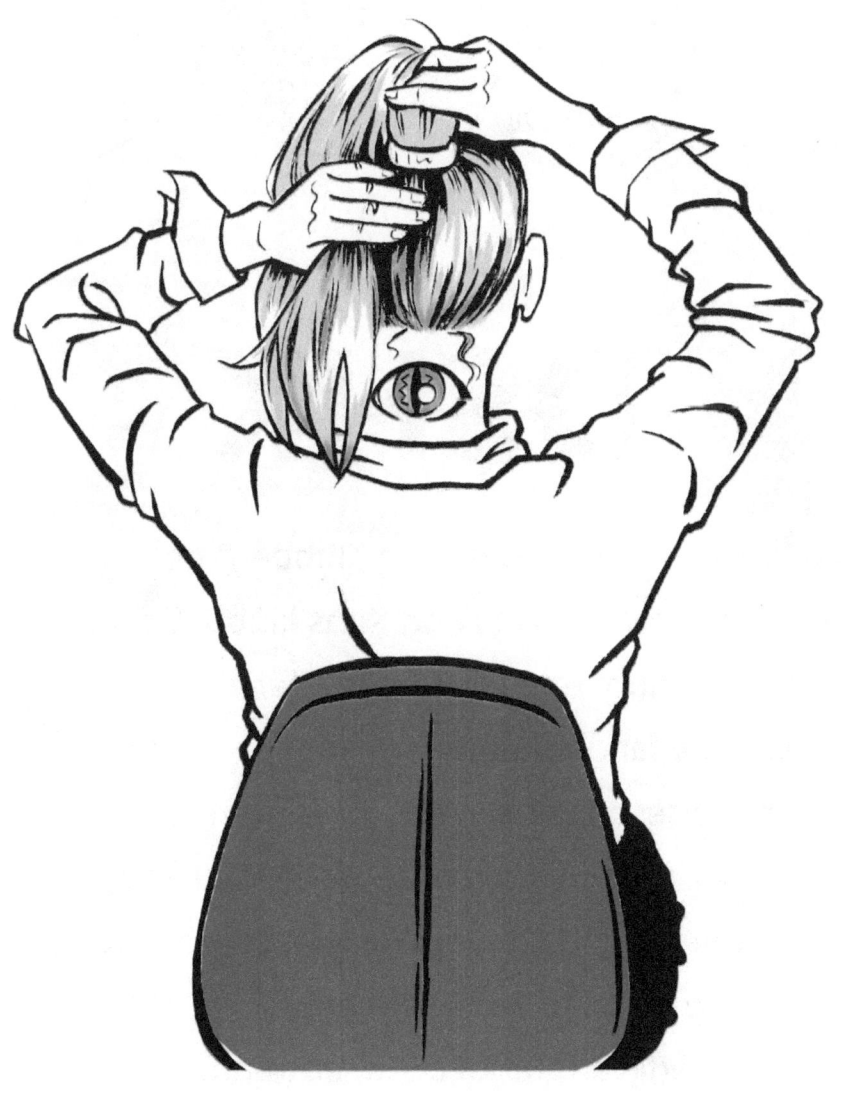

DSHK

"Den Strengt Hemmelige Klubben" er **D**offen, **S**ynne, **H**auk og **K**ims klubb. De startet klubben for å løse mysterier og kanskje fange skurker. Så langt er jakten på Spøkelsesprinsessen det mest spennende de har opplevd. En annen gang klarte de å finne en katt som hadde gått seg vill. Da fikk de en pose Twist som belønning.

Hovedkvarteret til DSHK er trehuset som de har bygget sammen. Der har de alle klubbmøter og skriver ned hemmelige ting i notatbøkene sine. Hauk leser dem inn på mobilen så han kan høre på dem senere.

Alle fire bor nært hverandre i det samme boligfeltet og de har vært venner helt siden de gikk i barnehagen sammen.

Hauk er sjefen i klubben. Han kan litt om det meste, elsker å lese (høre på lydbøker) og liker fart og spenning. Etter en ulykke da han var liten, mistet han nesten alt synet, og uten briller er han så og si blind. Han er bestevenn med Synne og Doffen, og god venn med Kim. Hauk bor sammen med mamma og pappa. Han har ingen søsken.

Doffen heter egentlig Dario Fernando. Moren hans er fra USA og faren hans er fra Norge. Han kan snakke både norsk og engelsk. Doffen er glad i å spille dataspill og har problemer med impulskontrollen, men han jobber med saken. Doffen trener Taekwondo hver mandag sammen med Kim. Han er bestevenn med Kim og Hauk, og god venn med Synne. Doffen har en lillesøster på 4 år som heter Sarah og en gullfisk som heter Prikken.

Kim bor alene med moren sin og storesøsteren Kine. Faren til Kim døde da hun var ganske liten. De savner ham veldig. Kim elsker å bygge ting og moren hennes sier at hun har det etter faren. Kim strever med dysleksi, som gjør det vanskelig for henne å lese, men hun tør ikke å fortelle det til vennene sine. Hun er veldig flink i Taekwondo. Hun er bestevenn med Doffen og Synne, og god venn med Hauk.

Synne bor sammen med mamma og pappa, katten Mons og verdens mest irriterende lillebror, Sander. Hun elsker bøker og leser hele tiden. Synne er bestevenn med Hauk og Kim, og god venn med Doffen. Hun var den som fikk ideen til klubben, og hun er hemmelig forelsket i et av de andre medlemmene.

Om forfatterne

M. E. Sperre

Spøkelsesprinsessen var egentlig en ide til en film, som nå har blitt til bok. Jenta som diktet opp denne historien bor i Bergen og har tre brødre og to katter.
Hun liker å spille teater og går på teater-skole. M liker også å lage filmer til YouTube.
Favorittbøkene hennes er alle bøkene om **Tommy og Tigeren** (av Bill Watterson).
Favorittfilmen hennes er **Matilda**.
Hun liker også **Harry Potter**.
Instagram: @kreamesik

I. Kjartanson

Medforfatteren har skrevet kapittelet om labyrinten og vært med på å utvikle histori-en med humor og action. I bor i Bergen og har en søster, to brødre og tre katter.
Han har svart belte i Taekwondo og liker å trene. Andre hobbyer er å game, å lage og redigere videoer, lese bøker og se på film og serier.
Favorittboken hans er **Ready Player One** (av Ernest Cline).
Favorittfilmen hans er **Avengers**.
Favorittserien er **Game of Thrones**.
Instagram: @ivan_kjartanson

Om illustratøren

Heidi Kahrs Damm

Illustratøren har tegnet seg gjennom livet som tok til i 1960. Hun kan ikke forestille seg et liv uten blyanter, tusjer & pensler og Photoshop.

Besettelsen førte henne til Otis/Parsons School of Design i Los Angeles i 1984. Etter 3 år i USA kom hun hjem igjen til Norge med blanke ark, og måtte erkjenne at tegning er ensomt arbeid. Løsningen ble en kombinasjon av 50% reiseliv, 50% kreativ. Etter 25 år ble reiseliv byttet ut med eldreomsorg, og hun er nå er ansatt som aktivitør på et eldresenter.

Tegning er fremdeles obligatorisk og det fungerer som batterilader, meditasjon og freelancejobb. Kundene er mange og varierte og inkluderer oljefirma, skoler, en medisinsk innovasjonsaktør, tidsskift og ukeblad, samt private.

Heidi er lykkelig gift og har 3 voksne barn + 2 voksne bonusbarn. Hun har utgitt 3 barnebøker med Bliss symbolspråk på eget forlag, støttet av foreningen Leser søker bok.

Instagram: @heidilinen

Barnebøker som kommer i 2019

For barn i alderen ni til tretten år
Steinportalen - Bok 2 i DSHK-serien.
av Sperre & Kjartanson.
(Bokmål, innbundet.)

The Ghost Princess of Wuxing
av Sperre & Kjartanson.
(Engelsk, paperback.)

Spukprinzessin
av Sperre & Kjartanson.
(Tysk, paperback.)

Ninjana
av Karin Moe Hennie.
(Bokmål, innbundet.)

For barn i alderen seks til ni år
Helsedikt
av Tonje Hemre Sæthre.
(Bokmål, innbundet.)

Krabben Klara og konkylien
av Hildegunn Bjelland.
(Nynorsk, innbunden.)

Tomater på ville veier
av M. E. Sperre
(Bokmål, innbundet.)

Andre bøker fra Tegn Forlag

Våte kyss av T. M. Sperre m.fl.
(Bokmål og nynorsk, innbundet, antologi,
noveller.)
ISBN: 9788283910087
ISBN e-bok: 9788283910094

Tankestrek av Thea Marie Sanne.
(Bokmål, innbundet, poesi.)
ISBN: 9788283910001
ISBN e-bok: 9788283910018

Hjarteord av Ane Soldal Hagebø.
(Nynorsk, innbunden, poesi.)
ISBN: 9788283910209
ISBN e-bok: 9788283910216

Det skjulte av Toril Mjelva Saatvedt.
(Bokmål, innbundet, poesi.)
ISBN: 9788283910223
ISBN e-bok: 9788283910230

Skattejakt av T. M. Sperre.
(Bokmål, hefte, sakprosa.)
ISBN: 9788269078480
ISBN e-bok: 9788269078428

Du kan melde deg på nyhetsbrevet vårt via
nettsiden **www.tegnforlag.no** hvis du vil
følge med på hva som skjer videre.

Om Tegn Forlag

Forlaget ble etablert i Bergen i 2017 av Thea Marie Sanne. Tegn Forlag gir ut bøker av alle slag. Du finner mer informasjon om bøkene våre på nettsiden **www.tegnforlag.no**
Der finner du også netthandelen vår.

Som et mikroforlag har vi mulighet til å gi ut både store, små, brede og smale bøker som vanligvis ikke hadde blitt tilgjengelige for allmennheten. Det er vi svært glade for.

www.ingramcontent.com/pod-product-compliance
Lightning Source LLC
Chambersburg PA
CBHW021221260626
47172CB00002B/544